# Los enigmas del pasado

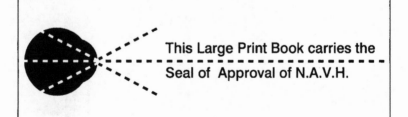

This Large Print Book carries the Seal of Approval of N.A.V.H.

# *Los enigmas del pasado*

## Susan Crosby

Thorndike Press • Waterville, Maine

Published in 2003 by arrangement with Harlequin Books S.A.
Publicado en 2003 en cooperación con Harlequin Books S.A.

Thorndike Press® Large Print Spanish.
Thorndike Press® La Impresión grande española.

The tree indicium is a trademark of Thorndike Press.
El símbolo del árbol es una marca registrada de Thorndike Press.

The text of this Large Print edition is unabridged.
El texto de ésta edición de La Impresión Grande está inabreviado.

Other aspects of the book may vary from the original edition.
Otros aspectros de éste libro podrían variar de la edición original.

Set in 16 pt. Plantin.
Impreso en 16 pt. Plantin.

Printed in the United States on permanent paper.
Impreso en los Estados Unidos en papel permanente.

**Library of Congress Cataloging-in-Publication Data**

Crosby, Susan.
    [Baby gift. Spanish]
    Los enigmas del pasado / Susan Crosby.
      p. cm.
    ISBN 0-7862-5931-0 (lg. print : hc : alk. paper)
    1. Single mothers — Fiction.  2. Amnesia — Fiction.
  3. Police chiefs — Fiction.  4. Large type books.  I. Title.
  PS3553.R555B33 2003
    813′.54—dc22           2003059371

# Los enigmas del pasado

# Capítulo Uno

El jefe de policía J.T. Ryker no podía dormir. Seguramente era el silencio lo que lo había despertado, la sensación de que ocurría algo. Su corazón no latía acelerado por la vieja pesadilla, sino a causa de algo indefinible.

J.T., que había aprendido a confiar en su instinto, saltó de la cama y miró por la ventana. Poco después de medianoche había empezado a nevar con fuerza, obligando a los vecinos a dar por terminadas las celebraciones de Año Nuevo. Tres horas después, la nevada se había convertido en una tormenta de nieve.

En lugar de ponerse el uniforme, J.T. eligió algo de más abrigo y se dirigió hacia la puerta con Agente, el perrito de raza Beagle que había heredado con la posición de jefe de policía, que lo siguió hasta la calle principal donde empezó a tomar la delantera. Protegidos de la nieve por los soportales de madera que cubrían las tiendas del pueblo y la pequeña comisaría, patrullaron aquel perdido rincón del mundo para asegurarse de que todo iba bien.

Acostumbrado a la rutina de su dueño, Agente se paró frente a la primera tienda y puso la nariz en el cristal. J.T. empujó el picaporte y suspiró. De nuevo, la señora Foley había dejado su tienda de ropa interior abierta. Tres puertas después, en la tienda de accesorios de automóviles de Aaron Taylor, no brillaba la luz de la alarma. Como siempre.

J.T. intentaba educar a sus convecinos, pero ellos seguían ajenos al peligro. El mayor delito cometido en el pueblo últimamente había sido una pintada y la propia madre del delincuente, después de reconocer la letra, lo había acompañado a la comisaría.

Era muy diferente de los nueve años que había pasado en el departamento de policía de Los Ángeles. Un año en aquel pequeño pueblo en medio de la montaña era como un día en cualquier comisaría de la ciudad más peligrosa de Estados Unidos. Y J.T. estaba encantado, especialmente porque, siendo el jefe de policía y el jefe de bomberos, no tenía ayudantes. Pero en un pueblo de 514 habitantes, con casas esparcidas a través de kilómetros de terreno, no podía aburrirse. Aunque tampoco podía recordar la última vez que se había tomado un fin de semana libre. ¿En septiembre quizá?

Agachando la cabeza para evitar el viento helado, J.T. se metió las manos en los bolsillos de la cazadora.

—Un fin de semana en el Caribe no estaría mal, ¿eh? —sonrió, mirando a su perro—. ¿Te gustaría ponerte un bañador?

Agente ladró una vez, algo que J.T. siempre tomaba por una afirmación, y después echó a correr en dirección a la comisaría.

Cuando J.T. levantó la cabeza vio un bulto frente a la puerta. El viejo John, imaginó, demasiado borracho como para recordar que podía morir de frío. Demasiado borracho como para descolgar el teléfono que había en la puerta y que conectaba directamente con su casa.

La cola de Agente se movía como un metrónomo, con su trasero moviéndose a la misma velocidad. Cuando J.T. se acercaba, el viento le llevó la suave risa de una mujer.

—Estoy despierta. Deja de lamerme la cara —la oyó decir. Hablaba en voz baja, pero no parecía estar borracha ni sufrir hipotermia—. Estáte quieto, bobo.

J.T. se inclinó frente a ella. La luz de la oficina iluminaba su anorak rojo, pero la capucha le impedía ver su cara. Con un violento escalofrío, la mujer empezó a acariciar al perro.

—Buenas noches. El perro que está acariciando se llama Agente y yo soy J.T. Ryker, el jefe de policía.

—Ah. Entonces usted es la persona que estaba esperando.

Le castañeteaban los dientes, el único rasgo de su cara que podía ver.

—¿Cuánto tiempo lleva aquí?

La mujer se encogió de hombros, apretando al animal entre sus brazos para entrar en calor.

—He descolgado el teléfono, pero no había nadie.

No podía llevar allí más de diez minutos, pensó él.

—¿Quiere entrar?

—¿Me enseña su identificación?

J.T. vaciló un momento. Habían pasado más de tres años desde la última vez que alguien le había pedido que se identificara. La mujer tomó la placa con sus manos enguantadas y la miró con curiosidad.

—Hay una fotografía detrás —murmuró él, preguntándose qué edad tendría y qué estaría haciendo en medio de la nieve a las tres de la madrugada—. ¿Cómo se llama?

Pasaron unos segundos sin que ella contestara. Incluso Agente podía notar la tensión y miraba a la mujer con la cabeza inclinada.

—No lo sé.

—¿Cómo ha llegado aquí?

—Mi coche se salió de la carretera y, cuando desperté, estaba en la cuneta. He venido andando hasta aquí. Casi un kilómetro, según un cartel indicador.

—¿Iba usted conduciendo?

Ella asintió.

—¿Dónde estoy?

—En Objetos Perdidos.

—¿Un departamento de objetos perdidos?

—No. Este pueblo se llama así, Objetos Perdidos. Yo también me quedé de piedra la primera vez.

—¿Está en California?

—Sí. En medio de Sierra Nevada, al norte del estado. La ciudad más próxima es Sacramento, a una hora y media de aquí. Vamos dentro, le preparé algo caliente —dijo J.T., alargando la mano.

—Me duele la cabeza.

—Llamaré al médico ahora mismo.

—Estoy embarazada —dijo ella entonces, tomando su mano. J.T. observó su abultado vientre, que el anorak rojo no podía ocultar. ¿Había caminado un kilómetro por la nieve en su estado?—. Pero me encuentro bien, no se preocupe.

Cuando J.T. miró la cara de la mujer, su

corazón dio un vuelco y el sudor se congeló de golpe sobre su frente.

La conocía. Aquella mujer embarazada y amnésica era Gina Banning, una parte de su pasado que casi había conseguido olvidar.

En su primera conversación, ella había bromeado sobre las siglas de su nombre. En la última, le había dicho que lo odiaba.

Una semana más tarde se había casado con el hombre que era su compañero en el departamento de policía de Los Ángeles.


Ella no sabía qué pensar de aquel J.T. Ryker. Al principio había sido todo amabilidad y, de repente, la miraba con una expresión helada. La había llevado a la clínica, a unos metros de la comisaría, donde, afortunadamente, estaba encendida la calefacción.

Estaba envuelta en una manta esperando que llegara el médico mientras él paseaba arriba y abajo. De vez en cuando la miraba como si quisiera hacerle alguna pregunta, pero parecía haber perdido el habla.

«¿Quién soy?», se preguntaba ella una y otra vez, aturdida. Para distraerse, se concentró en el hombre. Debía tener poco más de treinta años y tenía una cara con carácter. Alto, de hombros anchos y caderas estrechas; tan fuerte como para reducir a un hombre sin tener que sacar la pistola. Había tirado la cazadora sobre una de las sillas de la sala de espera en cuanto la había envuelto en la manta, mirándola casi con fiereza, en contraste con el tono suave de su voz. Sus ojos eran de color miel, un poco más claros que su pelo. Las arrugas de su frente parecían formar parte de su expresión.

Ella hubiera deseado saber qué lo había enfadado.

Había tantas cosas que la confundían... tantas preguntas sin respuesta. Cada vez que intentaba recordar algo, su cabeza parecía estallar. Y lo peor de todo era que el niño no se había movido desde... tampoco podía recordar eso.

Se quitó los guantes, se puso las manos sobre el vientre y entonces descubrió una alianza en el dedo. Alguien debía estar echándola de menos, su marido, el padre del niño. Él la estaría buscando y podría llenar el vacío que había en su mente.

—¡Oh! —exclamó, sorprendida y aliviada cuando notó que el niño se movía.

—¿Ha recordado algo? —preguntó el jefe de policía parándose frente a ella. Agente, que estaba durmiendo bajo una silla, levantó la cabeza.

—El niño se ha movido —murmuró ella

con lágrimas en los ojos—. Estaba tan preocupada...

Él miró su vientre y la alianza que había
en su mano.

—Está casada.

—Claro que estoy casada —replicó ella—
. Estoy embarazada.

—Una cosa no tiene por qué ir con la
otra —sonrió J.T.

—Para mí sí.

—¿Cómo lo sabe?

Ella frunció el ceño.

—Simplemente lo sé. Hay cosas que no
se olvidan.

—¿Cómo se llama? —preguntó J.T., poniéndose en cuclillas. Su expresión se había
vuelto fiera de nuevo y la miraba como si
quisiera traspasarla.

—No lo recuerdo.

—Este no es momento para interrogato-
rios, J.T.

Los dos se volvieron y vieron a un hombre de la edad del jefe de policía entrar en la
clínica. Delgado, con el pelo liso y ojos ama-
bles, se inclinó frente a ella y tomó su mano.

—Soy el doctor Hunter y voy a cuidar
de usted.

—Muy bien —susurró ella, con un nudo
en la garganta—. Gracias.

Max Hunter siempre ejercía ese efecto en

sus pacientes. Había nacido para eso. No era mucho más joven que J.T., pero parecía haber vivido dos vidas.

Max le hizo algunas preguntas a la mujer, pero ella parecía cada vez más confusa.

—No puede recordar nada, Max.

El doctor Hunter se levantó.

—Vamos a hacer una ecografía para ver cómo está el niño. Espere aquí un momento mientras lo preparo todo —dijo, apretando suavemente su hombro.

—La dejo en las competentes manos de Max... —empezó a decir J.T.

—¡No! —exclamó ella, tomándolo por el puño de la camisa—. ¿Y si recupero la memoria y usted no está?

J.T. se recordó a sí mismo que debía tratarla como a cualquier otro ciudadano.

—Tengo que ir a ver su coche. Debe tener alguna identificación. Agente le hará compañía.

Ella se bajó la capucha del anorak y una cascada de cabello oscuro cayó sobre sus hombros. Lo miraba con unos ojos tan oscuros como su pelo, pero el brillo que él recordaba parecía escondido bajo una nube de angustia.

El nudo que J.T. sentía en el estómago le decía que solo se había engañado a sí mismo pensando haber dejado atrás el pasado.

—¿Cómo va a encontrar mi coche con esta tormenta?

—Es mi trabajo —contestó él. Temía que ella hubiera dejado a alguien en el coche o, peor, en medio de la nieve. No podía esperar hasta el amanecer—. ¿Tiene las llaves?

—Creo que las dejé puestas.

Él le pidió indicaciones para encontrar el coche y, en ese momento, volvió a aparecer Max. Cuando ella entró en la consulta, J.T. tomó al doctor del brazo.

—La conozco, Max. Se llama Gina Banning, o al menos ese era su apellido hace tres años. Su marido era mi compañero en el departamento de policía de Los Ángeles. Murió en un accidente de tráfico poco antes de que yo me marchase. Gina iba con él y estuvo en el hospital durante un mes.

—Ah.

—¿Qué?

—Su amnesia puede haber sido causada por el recuerdo de ese accidente. Sabré algo más cuando la examine —contestó Max—. ¿Por qué no le has dicho quién es?

—Iba a hacerlo, pero no sabía si sería contraproducente. ¿Tú qué crees?

—Creo que es mejor esperar. Si necesita esconderse durante algún tiempo, hay que dejar que lo haga. Su memoria volverá cuando pueda soportar las consecuencias de haber vivido tras el accidente.

—Pero debe tener un nuevo marido preocupado por ella. Obviamente, ha vuelto a casarse porque está embarazada.

—No he estudiado suficiente sobre la amnesia como para saber qué podría pasar si se la obliga a recordar, pero lo comprobaré. Y estoy de acuerdo en que hay que informar a su familia.

«Su familia». Las palabras de Max sonaban como un eco en su cerebro mientras entraba en el jeep que hacía las veces de coche patrulla.

J.T. llegó a la gasolinera que había a las afueras del pueblo poco después. En Objetos Perdidos no solía nevar con tanta fuerza, pero durante un par de días al año se convertía en una clásica estampa navideña. Aunque él hubiera deseado que no fuera precisamente aquel día.

Poco después, vio un coche rojo en la cuneta.

J.T. encendió las luces de cruce y sacó una linterna. No llevaba cadenas. Había tenido mucha suerte saliéndose de la carretera en aquel punto. Unos kilómetros después, habría caído por una pendiente mortal.

¿Cómo podía ir conduciendo en medio

de aquella tormenta de nieve sin cadenas? ¿Por qué habría hecho algo tan tonto? Estaba a quinientos kilómetros de su casa, conduciendo en medio de la noche en una carretera que no conocía... Y no podía imaginar cuál era su destino.

¿Lo estaría buscando a él? J.T. no creía en coincidencias. ¿Habría sido otra de sus decisiones impulsivas?

Furioso, abrió la puerta del automóvil. Al menos, tenía suficiente sentido común como para conducir un buen coche, pensó, mientras vaciaba su bolso en el asiento. Dentro encontró pañuelos arrugados, gafas de sol, un paquete de chicles, barra de labios, crema de manos, vitaminas, un frasco de perfume, un talonario, un mapa... También encontró dinero dentro de un sobre. Casi tres mil dólares. Silbando, abrió su cartera. Varias tarjetas de crédito y el permiso de conducir, todo a nombre de Gina Banning.

J.T. se apoyó en el respaldo del asiento, sorprendido. ¿Gina no había vuelto a casarse? Eso no tenía sentido. Sabía que ella no era la clase de mujer que tendría un hijo fuera del matrimonio. «Tan leal como un cachorrillo. E igual de confiada», le había dicho una vez sobre ella su difunto marido.

Eric Banning era un experto jugando con

las debilidades de los demás, una dudosa habilidad que le había servido de mucho en su trabajo. Enseguida había sabido cómo aprovecharse de lo que J.T. consideraba su punto fuerte, su sentido del deber, haciendo que pareciera una debilidad.

Se preguntaba si Gina recordaría eso de Eric. Si se acordaría de él...

Todo aquello era muy confuso. Gina llevaba una alianza, aunque su marido había muerto tres años antes. Estaba embarazada, pero no podía estarlo sin estar casada.

Y llevaba tres mil dólares en el bolso.

J.T. golpeaba rítmicamente la cartera contra el volante. ¿Qué estaba ocurriendo?, se preguntaba.

Cuando abrió el maletero del coche encontró una bolsa llena de ropa y otra con pijamas de niño, todo con la etiqueta puesta. Incluso estaba el recibo. Lo había comprado el día anterior en Bakersfield. En otra bolsa había varios paquetes con pañales para recién nacido.

Gina debía haber tenido prisa. Mucha prisa.

¿De qué estaría huyendo? ¿De quién era su hijo?

¿Y por qué estaba precisamente allí, en un pueblo perdido donde él era el jefe de policía?

Sintiendo los ojos del jefe de policía clavados en ella, Gina miró su permiso de conducir. Gina Banning. Repitió el nombre varias veces, intentando recordar. Veintidós años, un metro sesenta, cincuenta kilos. Sin el niño, claro.

Eric. El nombre de su marido, según la tarjeta de la Seguridad Social. Gina empezó a darle vueltas a su alianza.

—No recuerdo su cara —murmuró, mirando a J.T. y al doctor Hunter—. ¿No debería recordar a mi marido? ¿Y por qué la cuenta corriente solo está a mi nombre? ¿No debería estar a nombre de los dos?

—Pero lo más importante es por qué has abandonado tu casa cuando apenas te queda un mes para dar a luz —dijo J.T. entonces, tuteándola por primera vez—. Voy a la oficina para ver si alguien ha denunciado tu desaparición...

—¡No, por favor! ¿Y si estoy huyendo de algo? —exclamó ella, asustada.

—Tengo que hacerlo, Gina.

—Soy mayor de edad. ¿No es tu obligación mantenerme a salvo?

—Seguramente hay alguien muy preocupado por ti. Tu familia...

—No recuerdo estar casada —lo interrumpió Gina. Aquello la sorprendió a ella tanto como a los dos hombres, pero lo había dicho sin pensar. Estaba casada con Eric Banning y él debía ser el padre del niño que se movía en su vientre. ¿Qué podía haberla hecho abandonar su hogar?

—No te pongas nerviosa. Lo que tienes que hacer es descansar. Has sufrido un trauma, pero recuperarás la memoria, no te preocupes.

—¿Dónde puedo ir?

—A mi casa —dijo J.T.

Ella negó con la cabeza.

—No quiero darte problemas. Tiene que haber un hotel.

—En este pueblo, no.

—Pero no puedo...

—No sabemos de qué estás huyendo, Gina. Es más seguro que estés cerca de mí —la interrumpió él. Era la única solución, aunque lo hacía sentir incómodo. No la culpaba por los defectos de Eric, pero era la viuda de un hombre al que él despreciaba, el responsable de la pesadilla que lo había obligado a abandonar el departamento de policía de Los Ángeles; una pesadilla que seguía sobresaltándolo en medio de la noche.

La única consideración en aquel momento era protegerla y lo haría, fueran cuales fueran las consecuencias. Pero, ¿qué precio tendría que pagar? Cuando se enterase de que le había escondido su identidad, Gina tendría una razón más para odiarlo.

Su hermano debía estar riéndose de él en el cielo. En sus momentos lúcidos, Mark lo había acusado de seguir viviendo en la época de los caballeros andantes. «A ver si te enteras, los caballeros han desaparecido», le había dicho una vez.

Pero J.T. tenía su propio código de conducta. Y ayudaría a aquella mujer, aunque eso significara abandonar la precaria tranquilidad que por fin había logrado encontrar.

Agente rozó su pierna con el hocico y J.T. se dio cuenta de que Gina se había puesto el anorak y estaba esperando.

—¿Seguro que quieres hacer esto? —le preguntó Max en voz baja después de ayudar a Gina a entrar en el jeep.

—Tengo que hacerlo.

—Podrías llevarla a casa de alguien.

—Esta es la mejor solución —insistió J.T., subiéndose el cuello de la cazadora.

—Ella es más que la viuda de un compañero, ¿verdad?

—Déjalo, Max —murmuró él. Se había sentido atraído hacia ella años atrás. Se había sentido atraído por su risa y su dulzura. Gina era todo lo que había deseado, pero no era a él a quien amaba.

Y Eric Banning no se la merecía.

—Llámame si hay algún signo de que se acerca el parto o si le sigue doliendo la cabeza —dijo el médico, poniendo una mano sobre su hombro—. Pero es una mujer independiente. No parece gustarle que nadie se haga cargo de ella.

—La dejaré creer que es la que manda —sonrió J.T.

—No soy una niña —escucharon la voz de Gina entonces.

Los dos se volvieron, sorprendidos. No se habían dado cuenta de que ella había bajado la ventanilla.

—Esto va a ser divertido —murmuró Max.

—¿Has entrado en calor? —preguntó J.T., entrando en el jeep.

—Deja de tratarme como si fuera una cría —protestó ella. La gatita se había convertido en una tigresa. J.T. la miró con curiosidad, pero ella volvió la cara—. Te agradezco que me lleves a tu casa, pero no soy una inválida y tampoco soy tonta. Solo estoy confusa. Por favor, no me trates como si fuera una niña —insistió Gina, sin mirarlo. J.T. no dijo nada y durante unos minutos se quedaron en silencio—. Mi apellido de soltera era Benedetto... ¿cómo sé eso? ¡Y tengo hermanos! ¡Acabo de acordarme!

J.T. aparcó el jeep en el garaje de su casa y se volvió hacia ella. Iba a enfadarse mucho cuando supiera que él había sabido quién era desde el principio. Pero, ¿no era mejor enterrar ciertos recuerdos? Si pudiera olvidar ciertas cosas para siempre...

Y, sin embargo, era su deber ayudarla a recordar.

—Irás recordando cosas poco a poco —dijo, mientras la ayudaba a bajar del jeep. Ella ni siquiera prestó atención a la casa en la que él había desahogado muchas frustraciones con un martillo y una sierra. Parecía exhausta—. Descansa un momento mientras saco las cosas del jeep y preparo tu habitación, ¿de acuerdo?

Ella lo miró entonces, sin sonreír.

J.T. llevó las bolsas a su habitación, preparó la cama y colocó las cosas de aseo en el cuarto de baño, que tendría que compartir con él.

Cuando volvió al salón, Gina se había quedado medio dormida en el sofá. No podía ni imaginar lo que habría sido para ella aquel día y su instinto protector se despertó. Fuera quien fuera el que la había obligado a salir huyendo, sería mejor que no apareciera por allí porque podría retorcerle el cuello. Eric había sido suficientemente malo...

J.T. decidió que era mejor no seguir pensando en ello.

—Gina... —murmuró, tocando su hombro—. ¿Necesitas que te ayude a meterte en la cama?

Gina abrió los ojos de golpe.

—No soy...

—Una niña, ya lo sé —terminó él la frase—. He encontrado tu camisón. Está sobre la cama —añadió, ayudándola a levantarse.

Fueron los diez minutos más largos de su vida. J.T. se quedó en la puerta, mirando uno de los objetos que había encontrado en el maletero del coche, la tarjeta de pésame que él había enviado tras la muerte de Eric. En ella, unas palabras de simpatía y su ofrecimiento de ayuda por si alguna vez necesitaba algo.

Ni siquiera recordaba haberla escrito, pero Gina la había conservado. De modo que aquello no era una coincidencia. Había ido a verlo. ¿Por qué?, se preguntaba. ¿Qué clase de problema la habría llevado hasta él, un hombre que ella decía odiar?

Por fin escuchó el sonido de los muelles de la cama y un leve suspiro.

—¿Todo bien?

—Puedes entrar —dijo Gina—. Parece que Agente quiere dormir conmigo —añadió, cuando J.T. entró en la habitación—.

¿Te importa?

J.T. miró al animal, que estaba hecho una bola a los pies de la cama.

—Agente va por libre —sonrió.

—Gracias por todo, jefe.

«Jefe». Una forma de mantenerlo a distancia, pensó.

—De nada. Que duermas bien, Gina.

J.T. guardó el anorak y las botas en el armario, intentando poner un poco de orden a su alrededor, ya que su mente era un caos. Antes de salir de la habitación, acarició a Agente, sin tocarla a ella.

—¿J.T.? —lo llamó Gina, medio dormida. Él se sobresaltó.

—¿Sí?

—¿Por qué cuando cierro los ojos te veo con un uniforme azul?

# Capítulo Dos

Cuando Gina abrió los ojos, vio la silueta del hombre recortada en la puerta del baño. Le gustaba escucharlo moviéndose por la habitación, pero cada vez que cerraba los ojos una extraña imagen de él aparecía en su mente, como si lo conociera de antes.

—Creí que estabas dormida —dijo J.T., cruzando los brazos.

Gina no estaba segura de si en su voz había una disculpa o una acusación.

—¿Llevas un uniforme azul?

—No. Pantalones marrones y camisa beige. Ese es mi uniforme —contestó él. Gina empezó a dar vueltas a su alianza, buscando tranquilidad en el gesto, sin encontrarla—. Hay una fotografía mía con un uniforme azul en el salón. Me la hicieron cuando me gradué en la academia. Estuve nueve años en el departamento de policía de Los Ángeles.

Gina cerró los ojos. El dolor de cabeza había empeorado.

—¿Cuándo viniste a vivir aquí?

—¿Qué ocurre, Gina? —preguntó él, acercándose a la cama. Sabía que ella necesitaba un abrazo en aquel momento, un hombro sobre el que llorar, pero no la tocó—. ¿Quieres que llame a Max?

«Distráeme», le rogó ella en silencio, deseando que su cabeza no explotara cada vez que parecía estar a punto de recordar algo.

—Estoy bien. Pero me vendría bien alguna almohada más, si tienes.

Cuando J.T. salió de la habitación, Agente colocó la cabecita sobre su muslo, mirándola con los ojos húmedos. El niño estaba tranquilo dentro de su vientre. Entre el bebé y el perrillo, Gina sentía una felicidad que no había sentido en mucho tiempo. ¿Por qué?

¿Y por qué no estaba su marido con ella? Eric. Él debería amarla y protegerla...

El miedo clavó sus garras en ella. ¿Y si era de Eric de quien estaba huyendo?

J.T. se inclinaba sobre ella en ese momento.

—¿Con dos te vale?

Gina se cubrió hasta la barbilla con la manta. Quizá no debería confiar en nadie. Ni siquiera en J.T. Ryker, jefe de policía de Objetos Perdidos, California.

Pero estaba sola con él...

Agente levantó la cabeza y J.T. lo acarició, sin dejar de observar la expresión en el rostro de Gina. ¿Habría recuperado la memoria? Cuando se inclinó, ella apartó la cara, sujetando el borde de la manta con los dedos agarrotados.

—No tengas miedo de mí, Gina.

—No te conozco —susurró ella.

—Sí me conoces. Soy el hombre que va a protegerte con su vida.

Los ojos de Gina se llenaron de lágrimas.

—¿Por qué?

«Porque me importas. Siempre me has importado». Aquellas palabras se quedaron guardadas bajo llave en su garganta. No pensaba poner en peligro su recuperación revelando que tenían un pasado. Además, en la vida de Gina había otro hombre, el padre de su hijo.

—Porque he hecho un juramento de proteger y servir a los demás y es una promesa que me tomo muy en serio. Estás a salvo conmigo, Gina. En todos los sentidos.

Para sorpresa de J.T., ella tomó su cara entre las manos.

—Confío en ti —murmuró.

—Me alegro. No te he preguntado si tienes hambre.

—El doctor Hunter me dio un poco de sopa —sonrió Gina, colocándose una de las almohadas bajo la espalda y otra más abajo, quizá entre las rodillas.

—Si necesitas algo, solo tienes que llamarme. Estaré cerca —dijo J.T.—. Si Agente te molesta, dile que baje de la cama.

—¿Y me obedecerá?

—Seguramente no. Ya te he dicho que va por libre.

Gina cerró los ojos y poco después su respiración se hizo regular.

J.T. dejó encendida la luz del cuarto de baño y la puerta entreabierta por si tenía que levantarse. Una vez en su habitación, se quedó mirando por la ventana. La tormenta estaba amainando, pero como era festivo los equipos de limpieza no empezarían a trabajar hasta dos días más tarde.

J.T. tenía que apartar el coche de Gina de la carretera y... un pensamiento lo hizo sonreír. Todo el mundo vería el coche en la puerta de su casa y se correría la voz de que, por primera vez, el jefe de policía tenía una invitada.

Unos segundos después se dejó caer sobre la cama, pero no cerró los ojos. Si lo hacía, volvería a tener aquella pesadilla. Estaba seguro.

Seguía oliendo el perfume de Gina y eso le recordaba su primer encuentro. Ella era una chica de Phoenix, a punto de empezar el primer año de universidad en California. Él, un policía de treinta años en una de las ciudades más peligrosas del mundo, intentando que el trabajo no lo convirtiera en un cínico.

Había ido a jugar al billar a un bar al que solían acudir compañeros de la comisaría y estaba pidiendo una cerveza cuando la vio entrar. Llevaba vaqueros, camiseta blanca y chaqueta de cuero negro. Ni siquiera se fijó en los chicos que entraban con ella. ¿Para qué? La joven de largo cabello oscuro y ojos brillantes era como un imán.

Era como si, de repente, el bar se hubiera quedado vacío. J.T. solo podía verla a ella. Cuando sus miradas se encontraron, supo lo que era que el tiempo se parase. Gina levantó las cejas, como si hubiera hecho una pregunta y estuviera esperando la respuesta.

J.T. la observó jugar al billar, los vaqueros marcando un trasero seductor y un cuerpo lleno de curvas. Mientras se inclinaba para hacer su juego, le devolvía la mirada de vez en cuando.

Era una locura. Él no ligaba con mujeres en los bares y, sin embargo, hubiera deseado llevársela a casa y dormir con ella. Qué demonios, la habría tomado allí mismo, sobre la mesa de billar si hubiera podido.

La atracción era tan poderosa que esperó a que ella diera el primer paso.

Y, por fin, lo hizo. Después de ganar una partida, tomó un taco y se lo ofreció.

—J.T. Ryker —se presentó él.

—Gina Benedetto —sonrió ella—. ¿Qué significa J.T.?

—Jasper Thelonius.

Los ojos de la joven brillaron mientras se inclinaba hacia él, encendiendo aún más el fuego que J.T. sentía por dentro.

—¿No será Jarvis Thurgood?

—Lo que tú quieras.

—Ya me enteraré.

El aire parecía cargado de electricidad. «Fuera de control. Esto está fuera de control», pensaba él, intentando disimular su nerviosismo.

—¿Puedo invitarte a una cerveza, Gina Benedetto?

—Podrías... «Junior Titus» —coqueteó ella—. Pero te detendría la policía.

Entonces lo supo. Supo antes de que Gina lo dijera que no había futuro para ellos, ni aquella noche, ni nunca.

—Tengo dieciocho años.

Dieciocho. Era como si hubiera un siglo entre ellos. Ella no había vivido nada todavía. Y él... él ya había vivido demasiado.

Gina se duchó y se vistió antes de salir de la habitación, pasado el mediodía. Su sueño se había visto interrumpido varias veces para ir al cuarto de baño. No había dormido bien porque ninguna mujer embarazada de ocho meses puede dormir de un tirón, pero estaba descansada. Y no le dolía la cabeza.

Cuando abrió la puerta del baño que daba al dormitorio de J.T. vio que él no estaba. En medio del dormitorio, una imponente cama con dosel, cubierta por un edredón azul oscuro le daba un aire muy masculino a la habitación. En las paredes había un par de acuarelas que le hubiera gustado ver de cerca, pero le dio vergüenza entrar.

Gina admiró la casa mientras se dirigía a la cocina. Los muebles parecían hechos a mano y la impresionante vista de las montañas creaba un ambiente cálido y acogedor. Aquella no era solo una casa, era un hogar, querido y cuidado.

Lo encontró tomando una taza de café y leyendo un libro. Cuando J.T. levantó la mirada, Gina se vio inmersa en la profundidad de unos ojos de color miel. Aunque él no había dejado de mirarla a los ojos, Gina sintió que él la miraba de arriba abajo, como si fuera una mujer delgada y seductora en lugar de... de lo que era. Pero debía haberse equivocado, pensó. Aquel hombre no la miraría como se mira a una mujer deseable. Al fin y al cabo, ella estaba casada...

—Buenos días —dijo, interrumpiendo aquellos pensamientos. Él no sonrió, pero su expresión no era tan hosca como lo había sido por la noche. J.T. era un hombre muy atractivo, aunque un poco imponente.

—¿Has dormido bien?

—Pues... —empezó a decir ella, inclinando la cabeza para leer el título del libro que estaba leyendo: *El embarazo y el parto*—. Buena lectura.

—Lo he encontrado en tu coche. Estoy entrenado para ayudar a una mujer a dar a luz, pero sé poco sobre el embarazo —dijo él, señalando el dibujo de una mujer embarazada de ocho meses—. Esta eres tú ahora mismo. ¿Qué tal respiras?

—Respirar es menos problema que estar cerca de un cuarto de baño —contestó ella, observando el dibujo—. Pobre niño, tan encogido ahí dentro.

—Entonces, ¿has dormido bien o no?

—Tan bien como era de esperar.

—¿Y por qué no me has llamado si te encontrabas mal? —preguntó él con tono irritado.

—No hacía falta —sonrió Gina, esperando romper la tensión. Pero J.T. seguía con el ceño fruncido—. Mira, Jefe, ya tengo suficientes problemas como para estar preocupándome por si te enfadas conmigo. Si no pudiera cuidar de mí misma, no me habría ido de casa, ¿vale?

Él levantó las manos en señal de rendición.

—¿Tienes hambre?

—Sí.

J.T. iba a levantarse, pero ella le puso una mano en el hombro.

—Puedo hacerlo yo. ¿Has comido...? ¡Oh, buenos días, cariño! —exclamó Gina entonces, sujetándose el vientre—. Llevaba mucho tiempo callada y estaba empezando a preocuparme.

—¿Es una niña?

—No me preguntes cómo lo sé. ¿Quieres tocarla?

Antes de que él pudiera contestar, Gina tomó su mano y la colocó sobre su vientre. Aunque llevaba un grueso jersey, la intimidad del roce lo dejó en silencio. La sensación de que había algo moviéndose dentro de ella era sorprendente.

—Asombroso, ¿verdad?

J.T. se levantó. No podía permitir que se creara ese tipo de lazo entre ellos. Ni en aquel momento ni nunca. Aquella niña era de otro hombre.

Y convertirse en padre era una fantasía que J.T. había abandonado mucho tiempo atrás.

—Max quiere que lo llames —dijo abruptamente, marcando un número de teléfono y pasándole el auricular—. Hoy haré yo el desayuno. Mañana puedes hacerlo tú.

—¿Crees que seguiré aquí? ¿No has recibido ningún informe de personas desaparecidas?

—Ninguno. ¿Te gustan los cereales?

—¿De chocolate? —preguntó ella. J.T. la miró como si estuviera loca—. Es un antojo... Buenos días, doctor Hunter. Soy Gina Banning.

J.T. la escuchó responder a las preguntas del médico mientras sacaba de la nevera un zumo de naranja con trozos de plátano que había preparado para ella mientras dormía.

—Dice que anoche tenía la tensión muy alta, así que se pasará por aquí dentro de un rato —dijo Gina después de colgar—. ¿Puedo hacer algo?

—Ya está hecho. No tengo cereales de chocolate, pero hay chocolatinas si te apetecen.

—Estupendo. Gracias —sonrió ella, apoyando la cara sobre su hombro durante un segundo.

Aquello no iba a funcionar. Cuando Gina recordara, volvería a odiarlo, pensaba. Quizá Max habría terminado de estudiar la amnesia y le diría que podía ayudarla a re-

36

cuperar la memoria. Necesitaba saber por qué estaba allí. Y quería saber por qué estaba embarazada sin tener marido.

—Es descafeinado —dijo J.T., señalando la cafetera.

—¿Dónde está Agente?

—Ha salido a dar un paseo —contestó él—. Me sorprende que no haya vuelto todavía. No le gusta el frío.

—Tienes una casa preciosa. Y la vista es espectacular.

—Ha sido una buena oportunidad para un chico de ciudad como yo. Nunca había visto la nieve hasta que vine a vivir aquí. Tuve que aprender a conducir con cadenas.

Gina se quedó mirando su zumo.

—Supongo que no estás casado o me habrías presentado a la señora Ryker.

—La tengo escondida en el ático —bromeó él—. No hay señora Ryker. No sería fácil estar casada conmigo. Siempre estoy de servicio y suelo ir de uniforme todo el día.

—Te queda bien.

Palabras sencillas, acompañadas de una larga y lenta inspección de su... uniforme, suponía J.T. Pero el brillo de interés en los ojos oscuros lo llevó de nuevo a la noche que se habían conocido.

Unos segundos después, Gina se puso la mano sobre la frente.

—¿Te duele la cabeza?

Ella asintió.

—Ha sido repentino. Me he levantado muy bien.

—¿Has recordado algo?

—Imágenes que no tienen sentido.

—¿Qué imágenes?

—Es como si viera trozos de películas distintas y los pusiera en una sola cinta —dijo Gina unos segundos después—. Gente, mucha gente y todos parecen... no sé, enfadados.

—¿Contigo?

—No estoy segura. Hay un hombre... es joven y guapo. No es tan alto como tú y es un poco más grueso o musculoso, no sé. Es difícil decir. Lleva el pelo muy corto, como un soldado —empezó a decir ella. Eric, pensó J.T.—. Lleva un traje y una flor en la solapa, así que puede ser mi boda. Quizá es mi marido. Pero, ¿por qué no lo reconozco? Luego hay una mujer, no es mi madre, pero es mayor y está llorando mientras me señala a mí. Y después veo a mi padre... —Gina no podía seguir. Tenía un nudo en la garganta—. Está muy enfadado conmigo.

—¿Crees que esas imágenes se corresponden con la realidad?

—Espero que solo sean un sueño.

—No pienses en ello, Gina.

—Pero huir como lo hice... Tenía que ser para proteger a mi niña. Creo que lo que más me duele es que no tengo a nadie a quien pedir ayuda. ¿Es que no tengo amigos? ¿Por qué no he ido a casa de mis padres? Recuerdo que tengo tres hermanos y tres hermanas. ¿Por qué no me dirigía hacia allí?

—La casa de tus padres sería un escondite muy obvio... si estás escondiéndote de algo.

—Este pueblo parece un buen escondite —intentó sonreír ella, metiendo la cuchara en los cereales—. ¿Cómo terminaste aquí?

—Por casualidad —contestó él—. Cuando me fui de Los Ángeles, decidí viajar un poco. Un día pasaba por aquí y entré a comer en el restaurante de Belle. Cuando terminé, el alcalde me ofreció el puesto de jefe de policía. Llevaba seis meses buscando a alguien.

—Y tú aceptaste.

—Lo pensé un poco. Unos diez segundos —sonrió él.

—¿Por qué te fuiste de Los Ángeles?

La puerta trasera se abrió en ese momento y Agente entró a toda velocidad, seguido de Max, que se limpió la nieve de las botas en el felpudo.

—Tu perro ha estado persiguiendo otra vez al gato de la señora Foley.

—Ah, por eso no había vuelto —sonrió

J.T., tomando su cazadora—. Será mejor que vaya a rescatar al gato antes de que la señora Foley se ponga histérica.

Max salió con él, tirando de la puerta para que Gina no los escuchara.

—¿Quieres que me quede de niñera?

—¿Tú crees que hace falta?

—No creo que sea buena idea dejarla sola —murmuró Max—. Por lo que he leído, hemos hecho bien no diciéndole nada de su pasado. Dentro de unos días, podremos ayudarla un poco.

De modo que la charada continuaba, se dijo J.T., pero, ¿cuánto iba a costarle?

La puerta se abrió tras ellos en ese momento.

—Cualquier cosa que tengáis que decir sobre mí podéis decírmela *a mí* —les espetó Gina, haciéndose la dura. J.T. sonrió al verla. Con el vientre abultado y las mejillas rojas parecía cualquier cosa menos dura. Todo lo contrario. Era suave y maternal. Irresistible—. Lo digo en serio.

—Menos mal que soy yo el que lleva la pistola.

—Mira, Jefe...

—Un momento, yo te lo explicaré —la interrumpió Max. En ese instante, el teléfono empezó a sonar.

—La señora Foley —murmuró J.T.

—También me encargaré de ella.

—¿Es que vas a «encargarte» de mí? —preguntó Gina.

—Es una forma de hablar —se disculpó Max, entrando en la casa.

—Eso espero —murmuró J.T., con los dientes apretados. Ella lo miró, sorprendida.

J.T. no sabía qué decir y no quería dar marcha atrás porque haría aún más el ridículo. Siempre se portaba como un tonto cuando estaba a su lado.

—No te preocupes. Yo estoy bien —dijo Gina.

«Bueno, Mark, ¿qué dirías a eso?», pensaba J.T. recordando a su hermano. La damisela rescata al caballero. Los caballeros andantes no habían muerto. Solo habían cambiado de género.

# Capítulo Tres

Además del sonido de los troncos chisporroteando en la chimenea, todo estaba en silencio. Gina se despertó, intentando capturar los restos de un sueño, algo que ver con unas mesas de billar. El hombre del corte de pelo militar estaba allí, riendo, pasándole un brazo por la cintura. J.T. estaba cerca, sombrío, con un uniforme azul. Cada vez que intentaba acercarse, él desaparecía. El otro hombre la besaba...

Gina abrió los ojos de golpe. Desorientada, miró alrededor buscando a J.T. Todas las luces estaban apagadas, excepto la de una lamparita. El reloj que había sobre la chimenea marcaba las diez de la noche. Había dormido dos horas seguidas, un récord.

Y estaba a salvo. Su corazón había empezado a latir con normalidad; la tensión desaparecía.

—Me había parecido oír que te movías —dijo J.T., en la puerta del salón.

—Entonces debes tener un oído muy fino —murmuró ella, admirando su largo y fibroso cuerpo. El embarazo no la inmunizaba contra su atractivo. Además, él era buena compañía. No hablaba mucho, pero sabía escuchar—. No me he movido, Jefe. No puedo.

Él se puso en cuclillas frente a ella, con expresión preocupada.

—¿Qué te pasa?

—Me he quedado pegada al sofá para siempre. O hasta que recupere mis abdominales.

J.T. la ayudó a incorporarse y se sentó a su lado con expresión seria. El reloj marcaba las horas, el fuego seguía crepitando. Los recuerdos del sueño formaban un nudo en su estómago, pero Gina se sentía intrigada por aquel hombre. Había momentos desde que había aparecido en su vida en los que él parecía no querer soportar aquella carga. Otras veces la miraba con tal profundidad que Gina sentía un calor que la invadía de la cabeza a los pies. Se había sentido cómoda con él desde el principio, pero aquella era la primera vez que estaban tan cerca...

Gina creyó entender entonces. El ordenador de la comisaría estaba conectado con el de su casa. Seguro que iba a darle una noticia que a ella no iba a gustarle.

—¿Te apetece un caldo de pollo?

—Dentro de un ratito —contestó Gina. Su imaginación estaba fabulando todo tipo de posibilidades—. ¿De qué te has enterado?

La vacilación del hombre era tangible.

—De nada.

—¿De verdad?

—Por ahora, nadie te busca.

—¿Tú qué crees que significa eso?

De nuevo la vacilación, aquella vez más clara.

—Francamente, estaría más tranquilo si alguien estuviera buscándote.

—Yo también —murmuró ella, levantándose para acercarse a la chimenea—. Hay otra posibilidad. Quizá a nadie le importe que haya desaparecido.

—Gina...

—No. Por favor, no trates de consolarme. Tengo que saber a qué me enfrento.

Gina lo escuchó acercarse por detrás. J.T. no la tocó y, sin embargo, el calor del hombre parecía traspasarla. Él le había dicho que la protegería con su vida. Y ella lo había creído.

—¿Y si hay una razón para que no me sienta casada? —preguntó, mirando su alianza—. Quizá no lo estoy. Puede que lleve esta alianza para evitar murmuraciones... Pero entonces el nombre de Eric no estaría en los papeles del seguro.

J.T. seguía detrás de ella, esperando que llegara a la conclusión lógica; que su marido había muerto. En cuanto se diera cuenta de eso, empezaría a recordar. Quizá recordaría más de lo que podría soportar, pero al menos sabrían por qué estaba allí y dónde estaba el padre de su hijo.

—No quiero preocuparme. Necesito pensamientos positivos para mi niña —suspiró finalmente—. ¿Has dicho sopa de pollo?

—O lo que te apetezca.

—¿Te he dado las gracias por todo lo que estás haciendo, Jefe?

—Un par de veces.

El teléfono empezó a sonar en ese momento.

—Ryker —contestó él.

—¿Cómo está la paciente?

Gina se había acercado a la ventana para mirar el cielo estrellado y se acariciaba el vientre, como si estuviera dándole un masaje al bebé.

—Puedes preguntarle a Gina, Max.

Ella sonrió, mirando por encima de su hombro. J.T. le dio el teléfono y se dirigió a la cocina para calentar la sopa.

Gina entró poco después, cuando él estaba cerrando el microondas.

—Max quiere que me tomes la tensión.

—Vale —dijo él, sacando unas llaves del bolsillo—. Tengo el maletín en el jeep.

—¿Además de jefe de policía también eres enfermero?

—No, pero he recibido entrenamiento. El hospital más cercano está a cuarenta y cinco minutos de aquí —contestó J.T.

—¿Tienes galletitas saladas?

—No te conviene tomar sal.

—Pero no puedo tomar la sopa sin galletitas saladas...

—No son buenas para la tensión —sonrió él abriendo la puerta. La nieve crujía bajo sus botas mientras se acercaba al jeep para sacar el maletín de primeros auxilios. El frío penetraba su ropa, su piel y sus músculos. J.T. respiró profundamente aquel aire helado, intentando aclarar sus pensamientos. La atracción que sentía por Gina no había desaparecido; todo lo contrario. En aquel momento, además, la vulnerabilidad de ella lo tentaba enormemente.

Casi podía escuchar la risa de su hermano. «¿Otra vez los caballeros andantes, J.T.? Te estás poniendo pesado».

¿Era de caballeros andantes cuidar de una joven que había quedado viuda poco después de su boda y que había estado a punto de morir en un accidente o era un comportamiento sencillamente humano?

Gina había sufrido y se había curado. Habían pasado tres años y se había enamorado de otro hombre. O quizá alguien se había aprovechado de su vulnerabilidad tras la muerte de Eric.

Un rival sin nombre, sin cara...

¿Un rival?

J.T. volvió a la casa prácticamente corriendo para escapar de aquellos pensamientos. Gina estaba sirviendo la sopa en dos platos y la escena doméstica lo irritó. Quería volver a su vida tranquila. Quería estar solo, comer cuando le diera la gana, dormir toda la noche con la única interrupción de un asunto de trabajo...

Y quería que ella dejara de sonreír. Se había quitado el jersey para que él pudiera tomarle la tensión y la camiseta que llevaba debajo era demasiado ajustada.

—Me parece que te estoy dando muchos problemas —suspiró ella, subiéndose la manga hasta el codo.

—No me das ningún problema —murmuró J.T., abriendo el maletín.

—No lo dices de verdad. Pero sé que debo estarte agradecida.

—No me debes nada —dijo él, colocando el aparato en su brazo. Después, en lugar de mirar el dial, cometió el error de mirar sus ojos oscuros y alegres. Y sus labios sonrientes, llenos de promesas.

El olor de su pelo despertó una reacción que J.T. apagó inmediatamente. No podía pensar en ella en esos términos. Estaba embarazada. Muy embarazada. Su único pensamiento debería ser proteger a ese niño que aún no había nacido.

«Sí, claro, dile eso a mi...» «Maldita sea, Gina, tú sabes lo cruel que es la vida. Deberías habértelo pensado antes de traer un niño al mundo», pensaba J.T.

Pero a ella no le importaría. Ella no veía oscuridad como él, solo un futuro brillante con un bebé que para ella era una niña. J.T. hubiera deseado capturar de nuevo aquella inocencia.

—¿Jefe?

J.T. volvió a prestar atención al aparato.

—Hace tiempo que no practico. Perdona, pero tengo que volver a hacerlo.

Gina observó su ceño fruncido. No podía imaginarlo siendo incompetente en algo, de modo que las noticias debían ser peores de lo que había imaginado. Su tensión debía estar por las nubes, o algo así.

—Tienes la misma que esta mañana —anunció él por fin—. Sé que es un poco alta, pero ¿es alta para una embarazada?

—A Max le gustaría que fuera un poco más baja, pero no sé qué puedo hacer.

—No tomar sal, supongo. Hacer ejercicio. Mañana iremos a dar un paseo.

Gina se bajó la manga, mirándolo con

curiosidad. De repente, se comportaba de forma distante y no sabía por qué. Horas más tarde, seguía preguntándoselo. Quizá había perdido la paciencia. Quizá era un defecto suyo, quizá acababa con la paciencia de la gente. La idea le provocó un nuevo dolor de cabeza.

«Pensamientos positivos», se repetía. Gina imaginaba el sol poniéndose sobre el océano, las olas golpeando una playa, una brisa tropical moviendo su pelo...

—¿No puedes dormir?

J.T., en pantalón de deporte y camiseta, estaba apoyado en el quicio de la puerta, con los brazos cruzados.

Gina admiró la pose masculina por un momento, preguntándose si dormiría vestido o desnudo. Su corazón dio un vuelco ante aquel pensamiento. ¿Por qué no se sentía fiel a alguien? ¿Por qué aquel hombre hacía que su estómago se contrajera sin hacer esfuerzo alguno? ¿Qué clase de mujer era ella?

—Mi niña tiene hipo —suspiró, ignorando la larga lista de preguntas sin respuesta—. Ven, tócala —le dijo. J.T. no se movió—. La gente me toca la tripa todo el tiempo —insistió ella—. Vamos, no te va a morder.

La luz que llegaba desde el baño iluminó las facciones del hombre mientras se sentaba a su lado en la cama. Agente levantó un momento la cabeza y después volvió a acurrucarse, ignorándolos.

—Pon las dos manos —dijo Gina, apartando las mantas—. Está dando saltos.

—Es verdad —dijo él, sorprendido.

Solo una fina capa de franela los separaba y el pulso de J.T. se aceleró.

—Me encanta tumbarme en la bañera y ver cómo se mueve dentro de mí.

—¿Puedes verlo?

—Claro. Mira, este es el culito. ¿Lo notas? —preguntó, sonriente. J.T. asintió con la cabeza y Gina apretó las manos del hombre a sus costados—. Y estos son los codos, creo.

—Qué curioso.

—Ahora tiene la cabeza hacia abajo y a veces parece que está empujando mis costillas con los pies.

—¿Te duele?

—Un poco.

J.T. apartó las manos, irritado consigo mismo. El embarazo debía ser una experiencia espiritual y, sin embargo, el deseo que sentía por ella era tan fuerte como el día que se habían conocido.

—¿Cómo sabes que la gente te toca la tripa? —preguntó, volviendo a cubrirla con las mantas.

Gina lo miró, sorprendida.

—Es una sensación. No recuerdo a nadie haciéndolo y, sin embargo... ¿por qué me siento tan cómoda dejando que tú lo hagas?

«Porque, de algún modo, me recuerdas», hubiera querido decir él.

Gina se dejó caer sobre las almohadas, bostezando.

—¿Has dormido algo?

—Algo. ¿Y tú?

—Un poco —contestó J.T.

Había dormido y había soñado. Y se había despertado con un sudor frío. La vieja pesadilla de nuevo, más dolorosa cada vez, más cruda. Gina, sin saberlo, había despertado al monstruo.

—Gracias por venir a ver cómo estaba, Jefe —dijo ella, con voz de sueño—. Pero no tienes que hacerme compañía. Estoy bien, gracias.

Lo había dicho aparentemente muy segura, pero J.T. se percató de su vacilación. ¿Preocupación, miedo? Su pasado era un borrón, su futuro, incierto.

Y no tenía a nadie en quien apoyarse.

Pues él tenía unos buenos hombros, pensó, y más que un interés pasajero en su bienestar. J.T. cerró su mano sobre la de ella.

—¿Qué puedo hacer por ti, Gina?

—Me encantaría un masaje en la espalda.

—Ponte cómoda.

Ella retiró las mantas y se colocó de lado. El camisón de manga larga no era muy seductor, pero podía notar el calor de su cuerpo a través de la tela. El femenino suspiro de satisfacción cuando empezó a masajear sus hombros hizo que Agente moviera la cola, como si fuera él quien estuviera recibiendo el masaje.

Cuando J.T. apretó con más fuerza, ella lanzó un gemido de dolor.

—Estás muy tensa —murmuró él, aliviado al comprobar que llevaba sujetador, aunque las palmas de sus manos quemaban al contacto con el cuerpo femenino—. ¿Dónde te duele?

—En todas partes. El peso hace que me duela la espalda todo el tiempo. No te puedes imaginar cómo me alivia un masaje.

Enterrada en el placer culpable de tocarla crecía la sensación de que aquello estaba bien. De que era el destino. De que debía aprovechar la ocasión como no había sabido aprovecharla años atrás.

—¿Mañana puedo ir contigo a la oficina?

—¿Quieres hacerlo?

—Supongo que no querrás dejarme aquí sola.

—La gente querrá saber de quién es el coche aparcado frente a mi casa.

Gina sonrió.

—Nunca he vivido en un pueblo pequeño. Las cosas son diferentes, ¿verdad?

—¿Por qué no te duermes, Gina?

—Porque entonces no disfrutaría del masaje.

—Volveré a darte un masaje mañana.

—¿De verdad? Desde luego, me he perdido en el sitio adecuado.

—Duérmete.

Obediente, Gina cerró los ojos. Las grandes manos masculinas aliviaban el dolor de su espalda y estuvo a punto de ronronear de placer cuando él empezó a darle un masaje en la cabeza. Un rato después, J.T. apartó las manos y la arropó con las mantas.

«Gracias», pensó ella medio dormida, incapaz de formar las palabras.

Pero cuando sintió el aliento del hombre sobre su mejilla, el roce de sus labios en su pelo, abrió los ojos.

—Se supone que deberías estar dormida —murmuró J.T.

—Me parece que nadie ha cuidado de mí como lo haces tú —dijo ella, tragando saliva.

—Quizá porque siempre pareces estar anunciando lo independiente que eres.

—Siempre estoy a la defensiva, ¿verdad?

—Probablemente habrá una razón.

Deseos que Gina no recordaba haber tenido antes empezaron a crecer dentro de ella, deseos primitivos. J.T. cuidaba de ella, la protegía, la hacía sentir como una mujer deseable, sin un trazo de impropiedad.

—Parece que te conozco desde siempre —murmuró ella, con la alianza quemando su dedo.

—Ha sido un día muy largo. Duerme un poco.

—Sí, señor —sonrió Gina—. ¿Qué significa J.T.? —preguntó, cuando él salía por la puerta.

—Jasper Thelonius.

Una luz pareció hacerse en su cerebro entonces. Visiones furiosas aparecían en su cabeza, sin sentido, como sus sueños. J.T. mirándola, sin sonreír, sin moverse. Una mesa de billar, el sonido de las bolas...

Sintiendo una náusea, Gina se incorporó un poco sujetándose a la mesilla. El despertador cayó al suelo.

Unos segundos después, la luz se encendió y J.T. estaba de rodillas frente a la cama, diciendo su nombre.

—¿Por qué te veo en mis sueños? —murmuró ella, confusa.

—¿Qué quieres decir?

—Te veo en mis sueños, como si te recordara. Hay una mesa de billar... No entiendo nada —gimió—. Me duele mucho la cabeza.

—Voy a llamar a Max.

—Creo que voy a vomitar.

J.T. la tomó en sus brazos delicadamente. En cuanto la dejó en el suelo, ella lanzó un gemido, y se le levantó un poco el camisón.

—Me parece que he roto aguas.

# Capítulo Cuatro

Mientras Max la examinaba, J.T. paseaba arriba y abajo por el pasillo. Gina había empezado a tener contracciones inmediatamente después de romper aguas. Y ellos habían creído que le faltaban semanas...

La puerta del dormitorio se abrió y Max asomó la cabeza.

—Puedes entrar.

Gina tenía los ojos muy abiertos, pero parecía tranquila. Incluso sonrió un poco.

—Tienes varias opciones, Gina —le dijo Max—. Podemos ir al hospital o puedes dar a luz en mi consulta. Te aseguro que mi equipo quirúrgico es muy moderno. Pero también puedes quedarte aquí si quieres. Yo traeré todo lo que sea necesario.

—¿Tú crees que es seguro tenerlo en casa? —preguntó Gina—. El niño se ha adelantado.

—No demasiado.

—¿J.T.?

—Lo que tú quieras, Gina.

—Prefiero quedarme aquí.

Max asintió.

—J.T., llama a Rosie y dile que nos veremos en la consulta dentro de quince minutos. Rosie es mi enfermera —explicó Max—. Tiene cuatro niños, así que te alegrarás de tenerla a tu lado.

Pasaron las horas y empezó a amanecer. Las contracciones eran cada vez más seguidas y a J.T. le dolían tanto como a ella. El dormitorio se había convertido en una clínica y Max le había colocado un monitor conectado al vientre.

J.T. masajeaba su espalda y la ayudaba a caminar de vez en cuando para acelerar el proceso. Gina debía estar exhausta, pero Rosie, la voz de la experiencia, le ofrecía un consuelo que ni Max y ni él podían ofrecer, diciéndole lo que debía hacer en cada momento.

A mediodía, Max le dijo que podía empezar a empujar con la siguiente contracción y Gina se colocó a los pies de la cama, con las piernas sobre dos sillas.

—Será más fácil si puedes estar casi sentada. J.T., colócate detrás de ella para sujetarla.

Agradecido por tener algo que hacer, J.T. se convirtió en una pared. Tenía la espalda de ella apoyada sobre su pecho, la cabeza en su hombro y empujaba con ella, conteniendo el aliento. Rosie la animaba a empujar una y otra vez hasta que Max vio la cabecita del bebé.

—No puedo creer que vaya a olvidar lo que duele esto —murmuró Gina.

—Así es como la naturaleza garantiza el futuro —sonrió Rosie—. Yo lo he hecho cuatro veces, así que cualquiera puede hacerlo. Puede que sea la experiencia más dolorosa de tu vida, pero es la más productiva. Venga, empuja otra vez —añadió, mirando el monitor.

El recuerdo de una dolorosa agonía apareció en la mente de Gina en ese momento.

—No es la experiencia más dolorosa...

—No hables, cariño. Respira hondo y empuja.

—Lo estás haciendo muy bien —dijo Max—. El niño tiene el pelo del mismo color que tú...

Pero nada penetraba el horror en el que Gina había desaparecido, el tornado de recuerdos. Un coche golpeando otro coche. Metal golpeando metal. Cristales rotos. Su cuerpo, dolorido y roto. El dolor... un dolor espantoso. El cuerpo de Eric cubierto de sangre, inmóvil.

—Gina, deja de empujar. Deja de empujar —oyó una voz femenina.

La voz de Rosie. La cara de Max. Los brazos de J.T. sujetándola.

J.T.

Él sabía quién era. Y no se lo había dicho.

—Gina, ¿qué pasa? —preguntó Max.

—Lo recuerdo... —murmuró ella—. Me estoy acordando de todo.

—Contracción —anunció Rosie.

—Pon atención, Gina —le ordenó Max—. Tu hijo te necesita. Habla con ella, J.T.

—Gina...

—¡No! Me has mentido. Me has mentido...

—Jadea, cariño. Vamos a intentar soportar esta contracción y después volveremos a empezar.

—No quiero que me toques —exclamó ella, mirando a J.T. por encima de su hombro. Los dos hombres intercambiaron una mirada.

—J.T. quería decírtelo, pero yo no se lo permití. Luego te lo explicaremos, pero ahora concéntrate.

—Vamos, otra contracción —dijo Rosie.

Gina empujaba con toda la fuerza de la que era capaz, pero el consuelo que había encontrado en los brazos de J.T. había desaparecido. Su fuerza ya no significaba nada para ella. Él le había hecho daño. ¿Qué derecho tenía a estar allí?

Pero no estaba siendo justa. Era ella la que había acudido a su casa.

—Un empujón más, Gina. Vamos, con fuerza.

Gina no hablaba. No podía hacerlo. Apenas escuchaba, excepto a su propio cuerpo. Solo gemía, empujaba, apretaba los dientes. Poco después, habían salido la cabeza y los hombros.

—Un niño —dijo Max, colocando al lloroso bebé sobre su abdomen.

—¿Un niño? —repitió Gina. ¿Por qué había estado tan segura de que era una niña?, se preguntaba, mirando aquella diminuta criatura con diez perfectos deditos en las manos y en los pies. El alivio hacía que se sintiera mareada. Su corazón latía acelerado, le dolían los ojos. Pero todo merecía la pena. Todo el dolor, la preocupación. Todos aquellos meses en los que no había querido saber si era niño o niña para disfrutar de su embarazo.

Y era un niño.

«Gracias, Dios mío», pensó.

—Tienes que empujar una última vez.

La placenta, pensó Gina, empujando de nuevo. J.T. seguía sujetándola sin decir nada. A ella no le importaba. Había sobrevivido al accidente y había cumplido su promesa.

Un hijo. Un final y un principio, pensó, mareada. Un regalo que la liberaba del pasado y abría las puertas de un hermoso futuro.

Como si fuera un sueño, Gina vio cómo Max cortaba el cordón umbilical, separándola físicamente de su hijo. Un día le contaría cómo había sido engendrado, qué era lo que lo hacía tan especial.

—¿Se encuentra bien? —preguntó Gina.

—Claro que sí. ¿Verdad, chiquitín? —sonrió Rosie, mientras lo lavaba en una palangana—. Jefe, ya puedes dejar que la mamá se tumbe.

J.T. se apartó y colocó varias almohadas para que estuviera cómoda. No tenía ni idea de lo que debía hacer, pero imaginó que Gina querría estar a solas con su hijo... y su recuperada memoria.

Fuera quien fuera el padre del niño, él ocuparía los pensamientos de Gina en aquel instante. Su momento había pasado.

Pero había cumplido con su deber. Gina había contado con él y J.T. no la había defraudado.

—¿Cómo vas a llamarlo? —preguntó Max.

—Joel Eric Banning —contestó Gina—. Como su padre. Creo que lo llamaremos Joey.

J.T. miró a Max, que dejó de hacer lo

que estaba haciendo. El largo y doloroso parto la había confundido, pensó J.T. Los recuerdos que habían aparecido en su mente estaban distorsionados, eran manifestaciones de sus sueños, no la realidad.

—Me gustaría que Max y tú dejarais de deciros cosas con los ojos —les espetó Gina—. No he perdido la cabeza. Eric es el padre. Y sí, sé que murió hace más de tres años. Tú eras su compañero, J.T. ¿No sabías lo importante que era para él tener un hijo?

—Nunca hablamos sobre ello. Pero, ¿cómo puede él ser el padre?

—¿Es que no has oído hablar de los bancos de esperma?

¿El hijo de Eric? ¿No era el hijo de otro hombre?

—Sujétalo un ratito mientras nosotros limpiamos a su mamá —dijo Rosie, poniendo al niño en sus brazos—. Pero será mejor que esperes fuera.

J.T. se quedó mirando el bulto que se movía entre sus brazos. El niño tenía la boquita abierta y parecía a punto de ponerse a gritar.

—¿Puedo verlo antes? —preguntó Gina.

J.T. colocó torpemente al niño en los brazos de su madre. Y entonces, cuando iba a apartarse, Joel Eric Banning, el hijo del hombre que J.T. despreciaba, abrió los ojos y lo miró directamente. «No me hagas esto. No quiero que me importes», pensó él.

Pero aquella mirada llena de inocencia le había llegado al corazón.

—Es precioso, ¿verdad? —murmuró Gina. El esfuerzo de dar a luz se reflejaba en su rostro, pero la Gina que tan importante había sido para él en el pasado estaba allí, con los ojos brillantes, la sonrisa dulce. J.T. no pudo evitar besar su frente, mientras apartaba el pelo de su rostro sudoroso.

—Creí que me odiabas.

—Quizá durante un momento. Pero ya no.

—¿Por qué has venido aquí, Gina?

Ella levantó una mano para acariciar su cara.

—Porque te necesitaba.

—Gina...

—Podréis hablar más tarde —los interrumpió Rosie—. J.T., llévate al niño al salón durante unos minutos, ya te avisaré cuando puedas volver a entrar.

—No te preocupes, lo cuidaré bien —murmuró J.T., tomando al niño de nuevo.

—Lo sé —sonrió ella.

—¿Sabes que eres B negativo, Gina? —preguntó Max.

—Sí. Eric era A positivo.

—Si el niño tiene RH positivo, tendré que ponerte una inyección de inmunoglobulina.

—No hace falta. Me la pusieron durante mi primer embarazo.

J.T. se quedó con el picaporte en la mano. «Mi primer embarazo».

Podía entender que Gina hubiera olvidado a Eric, considerando el trauma del accidente. Pero un hijo, ¿cómo podía haber olvidado un hijo?

A medianoche, Gina se inclinó sobre la cunita que Rosie había colocado al lado de la cama para escuchar la respiración de su hijo. Con ayuda de la sabia enfermera, lo había colocado sobre su pecho un par de veces, aunque la leche no empezaría a bajar hasta el día siguiente.

Gina escuchó el jeep de J.T. aparcar frente a la casa. Había tenido que salir para apagar un fuego casero, y se había mostrado distante todo el día. Estaba atento a todas sus necesidades, pero poco comunicativo.

Era culpa suya y Gina lo sabía. Había muchas cosas que él no entendía. Y muchas que ella no entendía tampoco, incluyendo qué había pasado la primera vez que se habían visto... y la última.

Apretando el cinturón de la bata que Rosie le había prestado, Gina fue a la cocina, seguida de Agente, que no se separaba de ella. J.T. entró con el pelo cubierto de ceniza y aspecto cansado.

—¿Qué haces levantada? —preguntó, abriendo el grifo.

—Joey me despertó. ¿Qué ha pasado?

—Hemos logrado salvar la casa, aunque la cocina ha quedado bastante dañada. Mañana todo el mundo ayudará a limpiar.

—No sabía que siguiera habiendo pueblos en los que la gente se ayuda de esa forma.

—Probablemente, más de los que crees. ¿Rosie se ha marchado?

—Yo estoy bien y ella tiene que atender a su familia.

J.T. se quitó la camiseta y empezó a lavarse los brazos.

Gina tragó saliva. Incluso cubierto de ceniza estaba guapísimo. Recordaba que la primera noche, en el salón de billar, él no había dejado de mirarla ni un momento. Gina había sentido que era algo más que una atracción física. Su imaginación, por supuesto. J.T. se había apartado después de intercambiar unas frases y Eric había llegado momentos después, pidiéndole disculpas a J.T. por llegar tarde. Después de eso, no había dejado de mirarla. Un mes más tarde se casaban y ella le había hecho la promesa de...

—¿El niño está bien? —preguntó J.T., secándose los brazos.

—Perfectamente.

—¿Y tú?

—No estoy mal. Pero no me pidas que me siente.

J.T. se pasó el paño por la cara.

—Hoy estás menos habladora que de costumbre.

—No me has sonreído en todo el día —murmuró ella.

—¿Eso te importa?

—Creí que éramos amigos.

El silencio del hombre aumentó la tensión.

—¿De verdad? —preguntó J.T. por fin—. Y, como amigos, ¿te importaría decirme qué ha pasado con tu otro hijo?

Los ojos de Gina se humedecieron. Había sido un error, pensó. No estaba en condiciones de soportar ese tipo de discusión. Sin pensarlo dos veces, se dio la vuelta y se dirigió a la habitación.

—Te prometo que me iré de aquí en cuanto pueda. Buenas noches.

Acababa de ser madre y tenía las hormonas disparadas, el vientre hinchado todavía y un dolor terrible en... sus partes, como decía su madre.

Las lágrimas empezaron a rodar por su rostro en ese momento.

—Gina —dijo J.T., tomándola del brazo.

—Déjame en paz.

—Lo siento. Perdóname.

—No, no lo sientes. Siempre me has juzgado y siempre has encontrado faltas. Y nunca he sabido por qué —dijo ella, apartando las lágrimas de un manotazo—. Y no tengo otro hijo. Estaba embarazada cuando el coche... cuando Eric... perdí el niño en el accidente.

J.T. se llamó a sí mismo todo lo peor.

—No lo sabía.

—Ni siquiera tuve tiempo de sentirlo dentro de mí —sollozó ella.

J.T. la tomó en sus brazos y escondió la cara en su pelo, respirando el aroma tan especial de ella, viviendo una fantasía que había creído no poder hacer realidad jamás.

—Lo siento, Gina —repitió él. Un rato después, ella dejó de llorar—. No sé por qué, pero siempre me porto contigo como un imbécil.

—No importa. Estabas confuso y yo también. Han sido un par de días difíciles.

—Más bien un par de años.

—Sí, pero las cosas van a arreglarse —murmuró Gina, secándose las lágrimas. J.T. la llevó al cuarto de baño y le lavó la cara con una toalla húmeda—. Ya estoy mejor —dijo ella, echándose el pelo hacia atrás—. Hueles a humo.

—Voy a meterme en la ducha.

—Yo tengo que ir al baño primero.

—Vale.

—Gracias por ayudarme, Jefe. Gracias por todo. Nunca podré pagártelo.

—De nada. ¿Y eso de «Jefe»?

—Perdón, Jasper Thelonius —sonrió ella.

—Mejor llámame Jefe.

—¿Vas a decirme alguna vez qué significa J.T.?

Él se acercó. Demasiado. Pero aquellos ojos oscuros eran una tentación muy fuerte. Sus miradas se encontraron y J.T. rozó sus labios suavemente con los suyos. Después, apretando los puños, se apartó.

—Algún día —contestó por fin, antes de salir del cuarto de baño.

# Capítulo Cinco

Cuando Gina salió del dormitorio con el niño a la mañana siguiente, vio una mecedora en el salón. Era un mueble precioso de madera labrada en el que podría darle el pecho a su hijo mientras miraba el hermoso paisaje de la sierra.

—Buenos días —sonrió Rosie, entrando en el salón con una toalla al hombro.

—¿Tú has traído la mecedora? —preguntó Gina.

—Ha sido el Jefe. Yo he traído el almohadón. Me lo agradecerás —sonrió la mujer al ver que Gina hacía un gesto de dolor—. Ya se te pasará.

—Pondrán esas palabras en tu tumba.

—Cuando se tienen cuatro hijos, esa frase es como un sortilegio —dijo la mujer—. Bueno, ¿qué es lo primero en tu lista, el desayuno o la ducha?

—Me encantaría darme una ducha. No sabía que dar a luz fuera tan... tan...

—Pues ya verás cuando te baje la leche —sonrió Rosie.

Gina se quedó pensativa durante unos segundos.

—Supongo que sentirás curiosidad por mi situación.

—Mira, tienes que saber algo sobre Objetos Perdidos. Como en la mayoría de los pueblos pequeños, todo el mundo sabe lo que hace la gente. Pero nadie pregunta qué han hecho antes de venir aquí.

—¿En serio? ¿Nadie tiene un pasado?

—A menos que tú quieras contarlo, nadie te va a preguntar.

Pero aquella regla no podría aplicársele a ella, pensó Gina. J.T. tenía derecho a hacer preguntas, tenía derecho a conocer la verdad.

—¿Puedo preguntar dónde está J.T.?

—Trabajando. Comprobando si todo va bien, como hace a diario —contestó Rosie, ayudándola a entrar en el baño—. Es un buen Jefe de policía. El mejor que hemos tenido. Todo el mundo lo respeta, hasta la gente a la que tiene que arrestar.

Gina sintió un orgullo tonto por ello.

—Me sorprende que no se haya casado.

Rosie tomó al niño con un brazo y con la otra mano abrió el grifo de la ducha.

—Eso parece una pregunta, aunque no la hayas formulado como tal.

—Solo quería decir que es un buen partido.

—Mucha gente estaría de acuerdo contigo.

—¿Mujeres del pueblo?

—Claro. A los hombres esas cosas no les preocupan.

—Maldita sea, Rosie, te estoy preguntando si tiene novia.

—No sé si puede llamarse novia —dijo Rosie después de pensarlo unos segundos—. Pero a veces sale con una chica.

Gina sintió que su corazón se encogía. De modo que el beso de la noche anterior no había significado nada. La preocupación, el cariño que mostraba por ella no eran más que decencia, consuelo. Obligación.

«Creí que me odiabas», le había dicho. Pero eso no había impedido que fuera bueno y generoso con ella. Gina ni siquiera estaba segura de lo que quería de él, pero las posibilidades acababan de limitarse.

Un minuto después entraba en la ducha, agradeciendo que Rosie le hubiera contado aquello y culpando al dolor físico por la tristeza que sentía.


Además del ruido del secador, J.T. escuchó risas femeninas, un sonido poco familiar para él. Agente inclinó la cabeza hacia un lado, aguzando el oído.

—Te gusta tener compañía, ¿verdad?

El perro ladró una vez, moviendo la cola de lado a lado. J.T. hubiera deseado tomar parte en la diversión, pero era demasiado serio, demasiado responsable. Se lo había dicho mucha gente, pero él pensaba que era eso por lo que era un buen policía. ¿Qué había de malo en ello? ¿Desde cuándo ser un hombre serio en el que la gente podía confiar era sinónimo de ser aburrido?

J.T. suspiró profundamente. La opinión de la gente no era lo que le importaba en aquel momento. En lo que pensaba era en los diez minutos que había pasado con Brynne McMaster, la chica con la que, hasta aquel momento, había pasado buenos ratos sin complicarse la vida. Admiraba a Brynne, una mujer independiente de treinta años, con una risa fresca y unos deseos parecidos a los suyos. Su pasado era un tema del que nunca hablaban, su fuente de ingresos, desconocida. De vez en cuando compartían cena, conversación y un revolcón en la cama.

Ella nunca le había pedido otra cosa.

Y él no podía darle más.

La casa de Brynne era la última parada en su ronda, al final del pueblo, escondida en el bosque. J.T. la había sorprendido aquel día poniéndola contra la pared, como si fuera a tomarla allí mismo.

—No quiero ser la sustituta de nadie —había dicho ella, mirándolo directamente a los ojos.

—Perdona. No sé qué me ha pasado.

—Supongo que esa chica está poniendo tu vida patas arriba. Tú no eres así —dijo ella—. O quizá sí. ¿Lo has pensado, J.T.?

Él se pasó una mano por el pelo.

—Ella es demasiado joven para mí.

—¿Cuántos años tiene?

—Veintidós. Yo cumpliré treinta y cuatro el mes que viene. Por no mencionar que ayer tuvo un hijo de otro hombre.

Después de eso, J.T. se había marchado a casa. Los dos sabían que su relación había terminado, pasase lo que pasase con Gina.

—Hola, J.T. —lo saludó Rosie—. Voy a hacer el desayuno. ¿Has comido algo?

—No te preocupes por mí.

—Puedes hacerle compañía a Gina mientras yo preparo algo. Acaba de darse una ducha y necesita sentarse un rato.

Gina entró en ese momento y se sentó en la mecedora.

—Buenos días.

—¿Cómo te encuentras? —preguntó J.T., aunque, a juzgar por su gesto de dolor al sentarse, la respuesta estaba clara.

—Rosie me ha ayudado a darme una ducha —dijo ella, tocando los brazos de la mecedora—. Es preciosa.

Parecía agotada, pensó él, sentándose en un sillón a su lado.

—Me la ha prestado Bear Ramírez. Se dedica a fabricar muebles.

—Obras de arte, más bien.

—Le alegrará oír eso —sonrió J.T.—. ¿El niño está dormido?

Ella asintió y, al hacerlo, un brillante rizo oscuro cayó sobre uno de sus pechos. Seguía teniendo el vientre hinchado y parecía cansada, pero estaba preciosa. Un poco pálida, pero más hermosa de lo que la había visto nunca.

En ese momento, escucharon el llanto del niño. Agente corrió a la habitación y se puso a llorar con él.

—Voy a buscarlo —dijo J.T.—. Pero antes, tengo que hacerte una pregunta.

—Lo que quieras.

—¿Por qué te fuiste de casa cuando estabas a punto de dar a luz? ¿Hay alguien siguiéndote?

Gina apartó la cara y se quedó mirando por la ventana.

—Sí, alguien está siguiéndome —contestó por fin—. Winnie Banning. La madre de Eric.

Max fue a verla por la mañana y el resto del día Gina lo pasó medio adormilada. Rosie preparó la cena y se marchó no sin antes ofrecerle un sabio consejo sobre el hielo colocado en sitios estratégicos.

El sonido de la ducha en el cuarto de baño la reconfortaba mientras le daba el pecho a su hijo, haciéndola sentir que tenía un hogar, una familia, algo que deseaba más que nada en el mundo.

Pero aquel no era su hogar. Para empezar, en su hogar no tendría que cubrirse para darle el pecho a Joey. Era muy complicado hacerlo teniendo que sujetar una mantita para taparse. Al final, ni siquiera podía ver si Joey estaba comiendo bien.

Podría pedirle a J.T. que colocara la mecedora en el dormitorio, pero entonces se sentiría sola.

Como él se estaba duchando, Gina dejó la manta sobre sus rodillas y disfrutó viendo comer a su hijo, con los puñitos cerrados bajo la barbilla. Una cosita tan pequeña y con tanto poder sobre ella.

—Estamos unidos por el corazón, cariño —le dijo en voz baja. El niño tomó aire en ese momento y soltó el pezón que Gina tuvo que volver a ponerle en la boca, sonriendo—. ¿Sabes cuánto tiempo te he esperado, pequeñín? Vamos a tener una vida estupenda tú y yo. Una buena vida. Eres un regalo, Joey. Un milagro.

El ruido de la ducha había cesado y se imaginó a J.T. secándose y envolviéndose en una toalla. Lo imaginó inclinándose hacia ellos, sonriendo, como si ella y su hijo fueran suyos. Sueños imposibles.

Pero volvió a la realidad unos minutos más tarde cuando él apareció en el salón vestido con pantalón de deporte y una camiseta. J.T. se inclinó frente a la chimenea, dándole tiempo a Gina para admirar los anchos hombros que parecían capaces de soportar cualquier peso.

—¿Es difícil darle el pecho? —preguntó él unos minutos después, sin mirarla.

—Duele un poco. Según Rosie, necesito un poco de paciencia.

—Parece que se te da bien.

Gina decidió que lo mejor sería ser sincera.

—Sería más fácil si no tuviera que taparme con una manta.

J.T. se levantó inmediatamente.

—Solo tenías que decirlo, Gina. Me iré a otra habitación.

—No quería decir eso. Me tapo por ti, no por mí. No quiero que te sientas incómodo.

—¿Temes que me excite al verte? —preguntó él, como si la idea fuera absurda.

«Quizá lo que temo es que no te excites», pensó Gina. Era increíble que, veinticuatro horas después de tener un hijo, estuviera sintiendo una atracción tan poderosa por un hombre que la había rechazado.

Pero eso había sido mucho tiempo atrás.

—No estoy preocupada.

—Si a ti no te importa, a mí tampoco.

—Gracias. Además, no somos extraños, ¿verdad? —intentó sonreír ella. Pero no sabía qué hacer. No podía quitarse la manta así como así.

—¿Has cambiado de opinión? —preguntó J.T.

—Me da un poco de vergüenza —murmuró Gina. J.T. se acercó y retiró la manta sin decir nada. Ella sintió que sus mejillas ardían.

—Estáis preciosos los dos.

La reverencia que había en su voz hizo que Gina se derritiera por dentro. Cuando J.T. se acercó un poco más la esperanza renació en su corazón. Gina echó la cabeza hacia atrás y él rozó sus labios con los suyos suavemente, como una promesa. Un sonido embarazosamente parecido a un gemido escapó de la garganta femenina cuando él se apartó y J.T. volvió a buscar su boca para besarla de nuevo. Había pasado tanto tiempo desde la última vez que Gina se había sentido deseada, necesitada. Tanto tiempo desde la última vez que había besado a un hombre. Y aquel hombre había hecho que su corazón se acelerase desde el primer día.

Cuando J.T. se apartó, el silencio pareció envolverlos. Gina se dio cuenta de que él estaba mirando su pecho y tuvo que cerrar los ojos.

—No tienes por qué sentir vergüenza —susurró él con voz ronca.

—Voy a meterlo en la cuna. Después podremos hablar.

J.T. la ayudó a levantarse de la mecedora y, en ese momento, Gina se dio cuenta de que estaba excitado.

Los libros aseguraban que no tendría el menor interés en el sexo durante semanas, incluso mucho después de la cuarentena. Que estaría muy cansada y que el niño ocuparía todos sus pensamientos.

Pero los expertos se habían equivocado.

—Date prisa —susurró él.

J.T. tenía preguntas que hacer y ella también. Como por qué la había besado si estaba saliendo con otra mujer, por ejemplo.


J.T. se apoyó en la repisa de la chimenea mientras escuchaba a Gina cantando una nana. Esperaba que el dulce sonido funcionase para el niño, pero desde luego a él no lo estaba ayudando nada.

La teoría de que tener un hijo hacía que las mujeres perdieran su atractivo sexual durante un tiempo debía estar equivocada porque Gina seguía siendo muy atractiva para él. Pero lo peor era que no había podido esconder su reacción y ella se había dado cuenta.

En ese momento, un suave perfume llegó hasta su nariz. Gina se había puesto perfume. Para él.

—Parece que Agente ha decidido ser la niñera de Joey —dijo ella, a su espalda—. Se han vuelto inseparables.

J.T. se volvió. Gina se había cepillado el pelo. Para él.

—Va a ser difícil soportar a ese perro cuando te marches.

Gina lo miró, sombría. Estupendo, pensó él. La besaba y después la echaba de su casa. Cada vez lo hacía mejor.

—¿Quieres hacerme alguna pregunta? —preguntó ella, seria de repente. Incluso su perfume parecía haber desaparecido, dejando solo el olor de su propia idiotez.

Con un gesto, J.T. la invitó a sentarse en el sofá, pero ella eligió la mecedora.

—Has nacido para ser madre —dijo él entonces, tomándola por sorpresa.

—Es lo que siempre he querido.

—¿Porque vienes de una familia numerosa?

—Quizá a pesar de ello —contestó Gina—. No tienes que ponérmelo fácil, Jefe. Pregunta lo que quieras.

«Jefe». Una forma de ponerlo en su lugar. J.T. metió la mano en el bolsillo y sacó la tarjeta que había encontrado en el maletero.

—Viniste a buscarme. ¿Por qué?

—¿Sacaste esto de mi coche?

—Max dijo que no debíamos contarte nada y yo pensé que esta tarjeta despertaría recuerdos. No quería ocultarte la verdad, Gina.

—Ya lo sé —murmuró ella, dejando la tarjeta sobre la mesa—. Supongo que para que lo entiendas, tendré que empezar por el principio. Cuando Eric me pidió que me casase con él.

# Capítulo Seis

Gina le habló de Eric, un joven atractivo de veintitrés años, recién graduado en la Academia de Policía. Llevaba el uniforme con orgullo, haciendo que el cuero de la cartuchera crujiese un poco cuando caminaba. A ella le encantaba aquel sonido, aunque no le gustaba mucho que siempre fuera armado, incluso cuando no estaba de servicio. Incluso durante su luna de miel en Las Vegas después de una apresurada boda.

Pero él la había cortejado sin descanso, sin darle respiro, como si supiera que Gina necesitaba que alguien le prestara atención.

Nunca había conocido a nadie que deseara tener hijos tanto como ella hasta que conoció a Eric.

—Eric era hijo único, como su padre. Era muy importante para él que el apellido Banning tuviera continuación. Tan importante que cuando tenía dieciocho años fue a un banco de esperma, por si ocurría algo que le impidiera tener hijos más adelante.

Gina apreciaba que en la expresión de J.T. solo pareciera haber interés. Quizá estaba acostumbrado a no reaccionar ante las excentricidades de los demás.

—Me dijo que el único regalo de boda que deseaba era un hijo que continuase su apellido. Yo no podía entender que, pensando así, se dedicase a una profesión tan peligrosa como la de ser policía. Pero daba igual. Lo suyo era vocación. ¿A ti te pasa lo mismo?

Él pareció retraerse ante la pregunta.

—Yo me hice policía por una buena razón.

—Entonces podrás entenderlo —murmuró ella, recordando en aquel momento algo que Eric le había contado sobre J.T. Tenía que ver con un tiroteo, pero no recordaba bien qué era—. Eric y yo teníamos los mismos sueños, de modo que no fue un sacrificio para mí. Estaba deseando quedar embarazada y le prometí que, si le ocurría algo, lo haría por fecundación artificial, con su esperma.

—¿Tus padres no te prestaron demasiado atención cuando eras pequeña?

La percepción del hombre la sorprendió. Ella había nacido en el seno de una familia numerosa y, aunque se había sentido querida, Gina siempre había deseado más atenciones de sus padres. Siempre le había parecido que no pasaban demasiado tiempo con ella.

—Mis padres hicieron lo que pudieron —murmuró—. Después del accidente, había perdido a mi hijo y había tenido una hemorragia terrible. Eric había muerto y yo pensé que nunca podría tener un hijo... —J.T. la envolvió en sus brazos cuando se dio cuenta de que no podía seguir—. Estuve mucho tiempo en el hospital y después fui a vivir con mis suegros. Winnie cuidó de mí a todas horas y me ayudó a recuperarme. Después, cuando estaba a punto de volver a mi casa, mi suegro murió y me quedé para hacerle compañía.

—Y nunca te fuiste.

—No. Era muy difícil. Winnie me recordaba constantemente la promesa que le había hecho a su hijo. Las primeras dos veces no funcionó y después, por fin, ocurrió el milagro.

—Tenías que hacer honor a tu promesa.

—Me sentí más que feliz.

—¿Y tu suegra?

—Obsesionada podría ser la palabra. Me vigilaba constantemente, no podía ir a ningún sitio sin ella. Me decía lo que tenía que hacer. Yo intentaba madurar, crecer como persona, pero ella me trataba como a una niña. Cada vez que intentaba apartarme un poco, ella se desesperaba y a mí me subía la tensión. El médico me dijo que debía hacer algo inmediatamente o podría perder el niño.

—Entonces, tenías razón cuando dijiste que tenías que proteger a tu hijo.

—Mi hijo siempre ha sido lo primero. Supongo que mi médico no quería decir que me marchase tan lejos, pero era la única opción. Tenía que ir a un sitio donde ella no pudiera encontrarme.

—Tenías que venir a mí.

Unas palabras muy sencillas. «A mí». No a un amigo. «A mí».

—Sí, a ti —dijo ella, mirándolo a los ojos—. Un día, cuando Winnie fue al mercado, le dejé una nota y me marché. Quería tener a mi hijo sola y cuidar de él durante unos días sin que nadie me dijera lo que tenía que hacer.

—¿Y cuáles son tus planes ahora?

—Supongo que tengo un par de semanas antes de que se vuelva loca.

—¿No crees que estará buscándote?

—Ella no sabe que tú y yo éramos amigos. Ni que iba a venir aquí.

—¿Éramos amigos, Gina?

—¿Cómo lo llamarías tú?

—Dijiste que me odiabas.

Gina se puso colorada.

—Me di cuenta de que solo lo habías hecho por mi bien. Te acusé de estar celoso cuando solo estabas preocupado por mí.

—¿Y tenía razones para estarlo? —preguntó él, apretando su mano—. ¿Fue bueno contigo, Gina? ¿Te hizo feliz?

¿Cómo podía contestar a eso?, se preguntaba Gina. Ella había esperado mucho de Eric. Había creído que eran almas gemelas, pero él había cambiado después de la boda, volviéndose posesivo, insistiendo siempre en que su obligación era tener un hijo suyo. Quería que abandonase la universidad, que estuviera en casa esperándolo todo el tiempo.

—Nos conocimos un mes antes de casarnos y solo estuvimos casados tres meses. No tuvimos tiempo de afianzar nuestra relación —dijo ella por fin. El niño empezó a lloriquear entonces—. Tengo que ir con mi hijo. Y la verdad es que no hay mucho más que decir —suspiró Gina, levantándose. Después, se puso de puntillas y lo besó en la mejilla—. Gracias por escucharme. Siempre se te ha dado bien escuchar.

—Deja de darme las gracias.

—Creo que tú eres la única persona que me mira de verdad. Buenas noches, J.T.


Cuando el niño empezó a llorar tres horas más tarde, J.T. estaba despierto. Apenas había dormido, intentando evitar la pesadilla que, sin querer, Gina había hecho resurgir.

Gina no tenía la culpa. Pero si no hubiera sido por Eric, él no tendría aquella pesadilla. Ni habría tenido razones para marcharse de Los Ángeles.

Aquella noche en el salón de billar todo podría haber sido tan diferente...

J.T. se colocó otra almohada bajo la cabeza mientras escuchaba la voz dulce de Gina intentando calmar a Joey. Había estado pensando en lo que ella le había contado, intentando entender qué la había impulsado a ir en su busca.

En realidad, no había respondido a su pregunta sobre si Eric la había hecho feliz.

«No tuvimos tiempo de afianzar nuestra relación», le había dicho. ¿Qué significaba eso?

J.T. recordó entonces lo que había ocurrido tres años atrás. Eric se jactaba delante de los compañeros de lo fácil que había sido hacerla caer en sus brazos, en unos términos indignos de un hombre. Cuando un mes después anunció el compromiso, J.T. estuvo durante días pensando en lo que debía hacer y por fin decidió que debía hablar con ella.

Había ido a la facultad para aconsejarla que esperase un poco, que no tomara una decisión sin reflexionar, pero Gina estaba loca por Eric y la molestó su interferencia más de lo que habría creído. J.T. se había arriesgado y había perdido. Gina se casaría con un hombre que no la merecía.

—Eric me hace feliz. Y te odio... te odio por intentar robarme esa felicidad —había dicho ella, furiosa—. Creo que estás celoso.

Él la tocó entonces por primera y última vez, tomando su cara entre las manos como si fuera una niña.

—Solo quiero lo mejor para ti, Gina.

—Eric es lo mejor para mí.

Una semana después se habían casado y J.T. no había vuelto a verla más que en las reuniones del departamento, siempre rodeados de gente. Y nunca habían vuelto a dirigirse la palabra. Unos meses después, él colgaba la placa y se marchaba de Los Ángeles.

En ese momento, el niño dejó de llorar y J.T. saltó de la cama al escuchar el gemido de Gina.

—¿Te hemos despertado? —preguntó ella. La luz de una pequeña lamparita iluminaba la habitación.

—Me ha parecido que pasaba algo.

—No pasa nada. Es que se le ha llenado la boca de leche y ha hecho un gesto tan gracioso...

—¿Necesitas algo?

—Compañía —contestó Gina, dando un golpecito sobre la cama—. No sé si voy a quedarme dormida mientras le doy el pecho. Estoy muy cansada.

J.T. se sentó a su lado. Gina llevaba una de sus viejas camisas de franela, desabrochada para darle el pecho al niño con comodidad y el niño mamaba tranquilamente, con los ojitos cerrados. Era increíble observar aquel milagro.

—Tienes hambre, ¿verdad, cariño?

«No tanto como yo», pensó él, tomándola por la cintura.

—¿Quieres ver lo duros que tengo los pechos? —le preguntó Gina entonces. J.T. levantó la cabeza, sorprendido—. En serio. Es increíble.

Nervioso, J.T. puso la mano sobre el pecho del que Joey estaba mamando.

—Vaya.

—No sé por qué me río. Duele un montón.

—¿Cómo algo tan maternal puede ser tan... sexy?

—Es lo más bonito que me han dicho nunca —sonrió Gina, mirando a su hijo—. ¿Por qué no te has casado, J.T.?

—No tengo respuesta para eso, Gina.

—¿No quieres tener hijos?

—Nunca ha sido una de mis prioridades. He visto el peor lado de la vida.

—Supongo que ser policía da una perspectiva diferente, pero tienes que tener fe

—susurró ella. J.T. no podía decir nada. No era solo ser policía lo que lo hacía ver las cosas de forma diferente. También era la muerte violenta de Mark, su hermano—. ¿Y la mujer con la que sales?

Los cotilleos del pueblo. J.T. nunca se acostumbraría a ello.

—No creas todo lo que oigas.

—Ya.

—¿Te importa si me voy a la cama?

—No. Joey se está quedando dormido —contestó ella, sin mirarlo—. Gracias por quedarte. Me gusta compartir mis sentimientos contigo.

—Grita si me necesitas para algo.

—Vale.

Cuando estaba en la puerta, J.T. se volvió.

—¿Le contaste a Eric lo de nuestra conversación?

—¿Cuál? ¿Cuando fuiste a la facultad? —preguntó ella. J.T. asintió—. No. ¿Por qué?

—Por curiosidad.

Después de casarse, Eric se jactaba de ella como si fuera un premio, se jactaba de haber encontrado a una chica virgen y de lo ardiente que era. J.T. cambiaba de tema, pero las imágenes lo quemaban.

—Eric no tenía por qué saberlo —dijo Gina—. Era algo entre tú y yo. Además, tú no estabas celoso.

Confiando de nuevo en su instinto, J.T. se acercó a ella sin saber qué iba a decir, solo con la intención de aclarar lo que había ocurrido aquella noche.

Pero Gina lo miraba con sus brillantes ojos oscuros y, en lugar de hablar, la besó, invadiendo su boca, devorándola, sintiendo que ella le devolvía el beso con el mismo calor. Aquel beso liberaba años de deseo.

Los dos sentían la misma pasión. Solo había entre ellos un siglo de diferencia.

Seguía sin poder darle lo que ella deseaba, hijos, y Gina no sería feliz solo con uno.

J.T. hizo un esfuerzo para apartarse y, ya en la puerta, se volvió para mirarla. En sus ojos había un brillo de inocencia que lo turbaba.

—Estaba celoso —murmuró, antes de salir.

«Un poco cobarde para ser un caballero andante», la voz de Mark parecía decirle.

J.T. sacó una fotografía de su hermano de la cómoda. Una sonrisa encantadora, una mente brillante. Y todos aquellos demonios dentro.

—¿A quién llamas tú cobarde?

El silencio le contestó, pero era más elocuente que las palabras.

# Capítulo Siete

Una brisa helada apartó el pelo de Gina de su cara. El aire golpeaba sus mejillas mientras entraba por primera vez en el pueblo, con un Joey de dos semanas apretado contra su pecho. Con el estómago lleno, el niño cerraba los ojitos para que no lo molestase el sol. Agente corría delante de ella y volvía de vez en cuando, ansioso por llegar, pero sin querer apartarse de su lado.

Gina estaba nerviosa. ¿Qué pensaría la gente? ¿Que J.T. había tenido un hijo sin estar casado? ¿Cómo habría explicado que ella estuviera viviendo en su casa? ¿Se habría molestado en explicarlo? Él era un hombre muy callado, una cualidad importante en su trabajo. Pero si lo que Rosie había dicho de la gente del pueblo era cierto, nadie habría hecho preguntas.

El pueblo parecía desierto. El jeep de J.T. estaba frente a su oficina, pero eso no significaba que estuviera allí. Quizá debería haber llamado antes, se decía.

Una paloma pasó volando al lado de

Agente, que se puso a ladrar como loco y Joey, asustado, decidió unirse al coro llorando a todo pulmón.

—Perro malo —le dijo Gina. Agente metió el rabo entre las patas y, reducida al papel de mala, Gina se disculpó. El animal pareció sonreír antes de salir corriendo para arañar la puerta de la oficina de J.T.—. Menuda impresión vamos a dar si sigues llorando así —susurró, intentando calmar al niño. Las puertas de las tiendas empezaron a abrirse y Gina se encontró con varias caras que la miraban sorprendidas.

—Vaya, buenos días. Tú debes de ser la invitada del Jefe Ryker.

Una mujer diminuta, entre ochenta y cien años, le hacía señas para que entrase en su tienda de ropa interior. La señora Foley, pensó Gina, la del gato. Sería mejor que Agente no se acercase.

Gina se presentó a sí misma mientras seguía intentando calmar al pequeño y estaba intentando decidir si debía aceptar la invitación cuando J.T. salió de la oficina y se dirigió hacia ella, con aquel uniforme que le sentaba a las mil maravillas.

Sus ojos tenían un brillo de alegría, o quizá de sorpresa. Desde que admitió haber sentido celos de Eric, parecía que un pedazo del muro que había entre ellos se había derrumbado.

Pero otra parte había permanecido en pie y era el momento de tirarla, pensó Gina.

—Hola —dijo él, tomando al niño en brazos—. ¿A qué viene tanto ruido?

Joey se calló en cuanto escuchó la voz masculina.

—Te hemos traído la comida —dijo Gina, señalando la mochila que llevaba a la espalda e intentando que no se le doblaran las rodillas al ver cómo aquel hombre que nunca había querido hijos cuidaba del suyo.

Había notado que siempre llamaba a Joey «tu hijo» o «el niño». Pero cada noche aparecía en su dormitorio cuando lo oía llorar, lo tomaba en brazos y le cambiaba el pañal sin dejar de hablarle. Joey siempre se callaba al escuchar aquella voz grave. J.T. se lo daba después y se sentaba a su lado para ver cómo le daba el pecho. En alguna ocasión, la besaba, pero siempre evitando un contacto más íntimo.

Sus motivos no estaban enteramente claros. Al principio, pensaba que lo hacía para que ella se mantuviera despierta, pero después se dio cuenta de que le gustaba estar con ellos.

—¿Conoces a la señora Foley? —preguntó J.T.

—Sí —sonrió Gina—. Volveré otro día, si no le importa. Es nuestro primer día fuera de casa y me parece que ninguno de los dos vamos a aguantar mucho rato.

—Ven cuando quieras y trae al niño. ¿Sabes que es el primero que nace en Objetos Perdidos en treinta y ocho años?

Gina negó con la cabeza. No lo sabía porque nadie se lo había dicho.

—Gracias por la invitación, señora Foley. Vendremos a visitarla encantados.

J.T. cerró la puerta de la comisaría tras ellos. Aunque aquello no podía llamarse exactamente comisaría. Era muy pequeña y ni siquiera tenía una celda. J.T. le había contado que cuando arrestaba a algún sospechoso, lo esposaba al asiento del coche y después lo llevaba a la prisión del condado. Aunque eso solo había ocurrido dos veces en tres años.

—Vaya sorpresa —dijo él.

Gina no tuvo tiempo de replicar cuando Rosie entró en la oficina, tomó al niño en brazos y volvió a salir corriendo con Agente siguiendo sus pasos.

—Volveremos dentro de un momento.

—¡Estoy bien, gracias por preguntar! —bromeó Gina, dejando la mochila sobre la mesa. Sabía que él no había despegado los ojos de ella. La miraba como solía hacerlo, con intensidad.

—¿Te aburrías? —preguntó J.T., sacando de la mochila un par de tarteras.

—¿Por qué no me tocas? —preguntó ella entonces, cruzándose de brazos. No había querido ser tan directa, pero no se echaría atrás cuando había hecho una de las preguntas que más la preocupaba. Aunque había otras.

J.T. se cruzó de brazos también.

—Te toco todos los días.

—No. Me tocas por la noche y solo cuando tengo al niño en brazos. Nunca durante el día. Nunca cuando nuestros cuerpos pueden entrar en contacto. Ni siquiera un abrazo de saludo.

—No me había dado cuenta —murmuró él.

—Pues yo sí.

—¿No se te ha ocurrido pensar que eres tú la que nunca me toca, Gina?

Ella lo miró, confundida.

—Sería presuntuoso por mi parte.

—¿Y no lo sería por la mía? —preguntó J.T., tomando su mano y colocándola sobre su corazón—. He leído tu libro sobre la maternidad, ¿recuerdas? Sé lo que puedo esperar y no es contacto físico.

—Bueno, por supuesto no estoy preparada para hacer el amor —replicó ella, sin pensar—. Vamos, no es que tú estés interesado ni nada por el estilo...

—¿No? —sonrió él, levantando la mano para besar sus dedos—. ¿Quién dice que no?

—¡Nunca me tocas!

—Te estoy tocando ahora.

Gina lo miró, intentando leer sus pensamientos.

—Estoy pidiendo demasiado, ¿verdad? A veces soy muy pesada cuando quiero algo.

Sus palabras despertaron un brillo en los ojos del hombre.

—Te he deseado desde que te vi entrar en aquel salón de billar —murmuró él, tomándola por la cintura—. No veía a nadie más que a ti.

Sus palabras la confundieron más que nunca.

—Mi vida hubiera sido tan diferente si tú no me hubieras rechazado, si me hubieras dejado entrar en tu vida. Ni siquiera habría mirado a Eric. Nadie me ha mirado nunca como me mirabas tú. Nadie.

J.T. rozó su frente con los labios.

—¿Lamentas haberte casado con él? —preguntó en un susurro.

—No puedo contestar a eso —murmuró Gina. Nunca se permitiría a sí misma contestar aquella pregunta—. Tengo a Joey y no lo cambiaría por nada del mundo. Pero quiero conocerte.

Él se apoyó sobre su escritorio, colocándola entre sus piernas.

—Tuve que alejarme cuando supe tu edad. Tuve que hacerlo, Gina —dijo él, mirándola como si quisiera comérsela—, porque te habría comido. Lo que yo quería de ti no habría sido nada que tú hubieras soñado.

Ella negó con la cabeza una y otra vez.

—Eres un hombre bueno, cariñoso...

—Era un hombre furioso que se volvió aún más furioso después de aquella noche. Te hubiera hecho mucho daño. Esa es la verdad.

—Has sido muy bueno conmigo y con mi hijo.

—Te lo debía.

—No creo que esta sea solo una forma de disculparte. Te importo yo y te importa Joey. Te he visto con él y he estado en tus brazos. Hay algo más que una deuda.

—Vivir en este pueblo cambiaría a cualquiera.

—Yo también he cambiado. Pero lo que parecía haber entre nosotros aquella noche no ha desaparecido con el tiempo.

—Tú quieres tener más hijos.

—Sí. Y tú no quieres ninguno.

—Tu hijo necesita un padre.

—Yo también tengo necesidades.

Él deslizó las manos hasta su trasero, apretándola contra él.

—Esta es la razón por la que no te toco. Me enciendes. Y no quiero que pienses que te estoy obligando... o que no puedo controlarlo. Puedo hacerlo. A cierta distancia. No estás preparada y no estoy seguro de estarlo yo. Hay muchas cosas de las que no hemos hablado.

Era cierto, pensó Gina. Pero sería demasiado fácil comparar a Eric con J.T. y no sería justo para ninguno de los dos. Empezar otra relación no sería la respuesta. No podía volver a entregar el corazón hasta que estuviera segura de que él no cambiaría después.

Su respuesta a J.T. era demasiado poderosa como para confiar en ella, siempre lo había sido. Y aquel no era el momento de tomar decisiones. Aún tenía que hablar con su suegra.

Pero antes...

Gina apoyó la cabeza sobre su hombro y enredó los brazos alrededor de su espalda para apretarse contra él, para sentir todo su cuerpo y la reacción que J.T. no podía esconder. Era tan sólido, tan fuerte. Aunque tropezara, él no la dejaría caer.

—Gina, me estás matando.

—Te necesito.

Él lanzó un gemido ronco y levantó su cara para besarla. Un beso caliente, profundo. Le hacía el amor con la boca y ella disfrutaba mientras él la exploraba con la lengua.

Haciendo un esfuerzo, J.T. se apartó.

—¿Ves por qué lo nuestro tiene que seguir siendo platónico? El libro dice que no puedes... que no estarás interesada durante al menos un mes más.

—Pues me parece que el libro se equivoca.

J.T. apartó el pelo de su cara. Sus ojos brillaban, aquella vez para él. Solo para él. Un géiser de placer pareció disolver el hielo que recubría su corazón, que lo había recubierto durante tanto tiempo.

—Siempre he sabido que me quemarías.

—Entonces, ¿por qué te apartaste de mí?

—Ya te lo he dicho. Éramos dos mundos diferentes.

—Pero tú no me diste una oportunidad.

La acusación le dolió, como suele ocurrir con la verdad. Eric había aparecido en el salón de billar momentos después de que J.T. hubiera sabido que Gina tenía dieciocho años. Si no hubiera estado cegado por la atracción que sentía por ella y por la realización de que no podría tenerla, no habría dejado que Eric practicase sus encantos con ella. Debería haberla protegido de Eric, pero había estado demasiado ocupado protegiendo su corazón. Su fracaso había desencadenado un matrimonio demasiado rápido, demasiado irreflexivo y ella había sufrido. Todo culpa suya.

—Lo siento —dijo él entonces.

—Puedes congraciarte conmigo.

—¿Cómo?

—Deja que las cosas surjan. Nos merecemos saber si tenemos alguna posibilidad.

Él tomó su mano y empezó a pasar el dedo por la alianza, sin dejar de mirarla. Mientras llevase aquella alianza, la sombra de Eric estaría entre ellos. J.T. no podía quitarse la impresión de que era observado por un hombre cuyas acciones lo perseguirían siempre.

—No estoy preparada para quitármela —susurró ella, como si hubiera leído sus pensamientos—. Parecería una madre soltera.

—¿Prefieres parecer una mujer que engaña a su marido?

J.T. no sabía por qué había hecho aquella pregunta y le pidió disculpas, después de lanzar una maldición en voz baja.

—Seguro que me has pedido disculpas más veces en estos días de lo que lo has hecho en toda tu vida.

Él se quedó pensativo.

—Creo que tienes razón.

—¿Por qué? ¿Esperas de mí algo diferente de los demás?

—Contigo parece que hablo primero y pienso después. Cuando fui a hablar contigo a la facultad llevaba varios días pensando lo que iba a decirte y de todas formas lo estropeé.

—No te gustaba Eric, ¿verdad?

J.T. se tomó un minuto para pensar la respuesta.

—Teníamos diferencias filosóficas sobre nuestro trabajo.

—Ni siquiera viniste a nuestra despedida de solteros.

—Imaginé que la invitación era una formalidad.

—Erais compañeros. Era muy raro que no estuvieras allí.

Compañeros. Era así como se llamaban, pero no lo habían sido nunca.

La mano de Gina tembló un poco mientras servía en un plato de papel la ensalada de pasta.

Aunque siempre había sido una mujer independiente, su futuro estaba poco claro. Su marido había muerto y su suegra estaba obsesionada con su nieto. Su familia, que debería haberla apoyado, le había dado la espalda.

Él, quizá más que nadie, entendía lo que

era sentirse solo. Alguien tenía que cuidar de ella hasta que pudiera cuidar de sí misma.

Y ese alguien era él. Le gustase o no, tenía que protegerla, un deber que se había impuesto a sí mismo. Y lo haría.

—Veo que no quieres hablar de Eric —dijo Gina entonces, sin mirarlo—. Pero deja que te diga algo. Al final me di cuenta de que lo habías hecho por mi bien. No me dijiste que no podía casarme con él, como hizo mi familia. Solo intentaste decirme que era demasiado apresurado.

—Nadie puede convencer a otra persona de que no se case, especialmente a una adolescente —dijo J.T., ofreciéndole una silla.

—¡Una adolescente! Eso me suena tan joven, ahora que soy una anciana de veintidós.

—Pues imagina cómo me sonaría a mí que tenía treinta.

—Ya, claro. Tendría que haber una ley contra esas diferencias de edad.

—Yo era un viejo de treinta años. Y tú, una cría de dieciocho.

—He madurado —dijo ella, mirando alrededor—. ¿Dónde está el cuarto de baño?

J.T. le señaló el pasillo y la observó alejarse. Gina se quejaba de que no podía abrocharse los pantalones, pero en realidad había perdido mucho peso. Incluso había presumido de ello delante de Rosie.

—Espera y verás. Cuando tengas tu segundo hijo, no será tan fácil recuperar la figura. Y cuando hayas terminado de darle el pecho a Joey, soñarás con unos pechos levantados.

J.T. no sabía qué ocurriría después, pero en aquel momento a él le parecían muy levantados. Mucho.

La puerta se abrió entonces y J.T. se sorprendió al ver entrar a una mujer de unos cincuenta años y pelo corto rubio. Llevaba pantalones de lana gris y un abrigo del mismo color.

Una mujer atractiva, si su expresión no anunciase que iba con ganas de pelea.

—Soy el Jefe de policía de Objetos Perdidos, J.T. Ryker. ¿Qué puedo hacer por usted?

La mirada de la mujer se deslizó hasta el pasillo.

—Hola, Winnie —dijo Gina tras él, su voz fuerte y segura—. Bienvenida a Objetos Perdidos.

# Capítulo Ocho

El miedo brillaba en los ojos de la mujer cuando miró el vientre plano de Gina.

—El niño... ¿dónde está el niño? Dios mío, ha ocurrido algo...

—El niño está bien, Winnie —la interrumpió Gina.

Todo ocurrió muy rápido. Winnie dio un paso hacia Gina, con desesperación en la mirada y un sonido animal en la garganta. J.T. la tomó con fuerza por el brazo, inmovilizándola.

—¡No, por favor J.T., suéltala! Por favor —imploró Gina.

—La esposaré a la mesa si hace falta —le dijo J.T. a Winnie. Después, la soltó, pero no se movió de su lado.

Gina extendió las manos hacia su suegra.

—Tienes un nieto, Winnie. Y es precioso.

—¿Dónde lo tienes escondido?

Después de tres años, aquella mujer no la conocía en absoluto. ¿Esconder a su hijo?

—Está con una amiga —contestó ella, como si el esfuerzo de permanecer calmada fuera demasiado—. Es enfermera. Volverá enseguida, te lo prometo.

—¿Está enfermo?

—Está perfectamente.

—Ve a buscarlo.

Gina miró a J.T., que negó con la cabeza. No pensaba moverse de allí.

—Siéntate un momento, por favor. No tardarán —sugirió Gina.

Winnie miró a J.T. con ojos cargados de odio.

—¿Cuándo nació Eric?

—El día dos de enero, a las doce. Y se llama Joey. Joel Eric Banning.

La mujer prácticamente levitó de la silla.

—¡Habíamos acordado que se llamaría Eric!

—No, Winnie. Tú anunciaste que se llamaría así, no yo. Mi hijo necesita tener su propia identidad.

—No pienso llamarlo Joey —insistió la mujer.

—Sí lo harás —replicó ella. J.T. escuchó algo nuevo en la voz de Gina: autoridad. Y también parecía diferente. Compuesta, serena—. Se llamará Joey porque yo soy su madre y ese es el nombre que he elegido. Él es una persona nueva, no un sustituto de nadie. Pero te prometo que le hablaré de su padre.

—Una promesa tuya no vale nada —replicó la mujer.

Gina la miró, intentando controlarse.

—Mantuve mi promesa de tener un hijo con Eric, ¿no? Y no fue fácil. Tuve un aborto, después lo intenté dos veces hasta que prosperó. Y he tenido que vivir mi embarazo sola.

—Me tenías a mí.

—Quiero decir sin mi marido, a quien quería y necesitaba.

Su declaración fue como una cuerda alrededor del cuello de J.T. No la había escuchado decir aquello hasta entonces. Entonces se dio cuenta de que no podría cambiar el pasado. Siempre estarían atados por Eric y por el amor que había sentido por él y el odio que J.T. sentía. Por el niño que era un eslabón y que no podía ser ignorado.

Gina puso su mano sobre la de Winnie.

—Sé que lo has hecho tan bien como has podido. Pero ha sido demasiado para mí.

—Tengo mis derechos.

—Legalmente, no tiene ninguno —intervino J.T. Entendía por qué a Gina le subía la tensión con aquella mujer. Le habría subido a cualquiera.

—Tengo mis derechos —insistió Winnie—. Y sé quién eres, J.T. Ryker. Mi hijo nunca confió en ti y veo que tenía razón.

Sabía que había algo entre Gina y tú. Lo sabía.

—Si pensaba eso, no se merecía a Gina —dijo él—. Y si piensa que voy a dejar que la insulte, está muy equivocada. Conseguiré una orden de apartamiento.

—Una amenaza infantil —replicó Winnie—. Para eso, Gina tendría que acudir a los tribunales y sé que no lo hará.

Aquella lucha por controlar el territorio era absurda y Gina soltó una carcajada salvaje, sujetándose el estómago. Los dos debieron pensar que se había vuelto loca y quizá así era. Quizá tres años de dolor, de sacrificio y angustia habían conseguido que perdiera la cabeza.

Pero Gina consiguió controlarse cuando escuchó el llanto de su hijo al otro lado de la puerta. Rosie entraba en ese momento, con Joey en brazos.

—Pero, ¿qué le das de comer a este llorón? Max dice que ha engordado casi un kilo —rio la mujer.

Winnie se levantó y Gina sintió un nudo en la garganta al ver el amor que había en sus ojos.

—Rosie, te presento a mi suegra, Winnie Banning.

El momento quedó grabado en la memoria de Gina. Winnie tomó al niño y Joey empezó a llorar con más fuerza, pero a ella no parecía importarle mientras lo miraba con los ojos llenos de lágrimas.

Agente gruñó y Winnie apretó al niño con fuerza.

—No te preocupes —dijo Gina—. Es Agente, el perro de J.T. Es que no está acostumbrado a oír llorar a Joey durante tanto tiempo. Tiene hambre.

—¿Dónde está el biberón? Yo se lo daré —dijo Winnie.

—Le estoy dando el pecho.

—Habíamos acordado...

Gina la interrumpió, negando con la cabeza.

—Puedes tenerlo en brazos cuando haya terminado —dijo, tomando al niño y mirando a J.T. después en silencioso ruego.

—Rosie, ¿qué tal si vamos a tomar una taza de café? —preguntó él, lanzando sobre Winnie una mirada de advertencia.

Cuando las dos mujeres se quedaron solas, Gina se sentó en una silla para darle el pecho a su hijo.

—Come muy bien y después se queda dormidito enseguida.

—Como Eric.

—¿De verdad?

La mujer asintió, acariciando la cabecita de su nieto.

—Eric comía como un lobo —murmuró, sin mirarla—. Nunca en mi vida pegué a mi hijo, Gina. Y nunca pegaría a nadie.

Gina aceptó la discreta disculpa. Por Joey, tendría que hacer que aquella relación funcionase.

—Comprendo que estuvieras asustada, pero espero que entiendas que no tenía otra opción —le dijo. Después le habló sobre las advertencias del médico—. Siento mucho tener que haberme marchado de esa forma. Te hubiera llamado, de verdad, pero quería estar sola con mi hijo durante un tiempo.

—No puedo creer que me veas como una bruja, Gina.

—Bueno, no tenemos que hablar de eso ahora. Estás aquí, Joey es un niño muy sano y todo va bien. Por cierto, ¿cómo has dado conmigo?

—Tienes que prometerme no enfadarte.

Gina sonrió. Los últimos meses de angustia la habían hecho olvidar lo que Winnie había hecho por ella. Aunque pareció volverse loca cuando Gina quedó embarazada, su suegra lo había dejado todo durante un año para cuidarla después del accidente, sin quejarse una sola vez.

—Vale, te lo prometo.

—El doctor Gold llamó para decir que te habías puesto en contacto con él y que el niño y tú estabais bien. Yo esperé y esperé y al final, soborné a un celador para que me dejara entrar en su consulta. En su archivo encontré el nombre de este pueblo. Iba a contratar un detective, pero entonces vi que el jefe de policía era J.T. Ryker. El mismo J.T. Ryker que había sido compañero de Eric.

—Él era la única persona a la que podía pedir ayuda.

—¿Y por qué no llamaste a tu familia?

—Tú te hubieras puesto en contacto con ellos y no quería obligarlos a mentir.

—Tus padres están muy preocupados. Espero que los hayas llamado.

—La verdad es que no —murmuró ella. Había estado viviendo en un mundo de fantasía y era el momento de volver a la realidad. No sabía si estaba preparada para enfrentarse con ella, pero no tenía alternativa. Quería empezar de nuevo. Quería que todo el mundo la viera como una mujer madura y la mejor forma de hacerlo era asumiendo sus responsabilidades—. Los llamaré hoy mismo.

Winnie empezó a tirar de la mantita del niño, nerviosa.

—Ese J.T. parece muy protector.

—Eric estaba equivocado, Winnie. No hay nada entre nosotros. Yo quería mucho a mi marido.

Winnie se quedó en silencio durante un rato.

—No era fácil vivir con Eric.

Por fin alguien había dicho aquello en voz alta.

—No —susurró Gina—. No era fácil.

—Tampoco lo era vivir con su padre —siguió diciendo Winnie. Las dos mujeres se miraron y entonces su suegra la abrazó, mientras Joey seguía comiendo como si tal cosa—. Siento haber sido tan posesiva.

—Y yo siento no haber hablado contigo antes —sonrió Gina—. Pero empezaremos de nuevo. Te necesitamos, Winnie.

—Me alegro —dijo la mujer, intentando contener las lágrimas—. ¿Cuánto tiempo tardarás en hacer las maletas?


—¿Le has dicho *qué*?

Gina no dijo nada, aunque era la primera vez que oía gritar a J.T. Meciéndose un poco más fuerte, intentó calmar a Joey, que había soltado el pezón al escuchar el vozarrón del hombre.

—Le he dicho a Winnie que mañana puede pasar el día con nosotros —repitió ella, sonriendo.

—No tenías derecho, Gina. Esta es mi casa —replicó él, cruzándose de brazos.

—Tú estarás trabajando.

Gina decidió que le gustaba J.T. cuando estaba enfadado. El fuego que el enfado daba a sus ojos era muy atractivo.

—No confío en ella.

—Aunque no ha sabido llevar bien la situación, Winnie no es mala persona.

Él se acercó a la chimenea con paso rígido.

—Ha intentado forzarte para que te marches de aquí y aún no estás preparada para marcharte.

—No, ya se lo he dicho. Pero no puedo negarle algún tiempo con su nieto.

—Maldita sea la señora Foley por ofrecerle una habitación en su casa —murmuró J.T., golpeando un tronco con el hierro de la chimenea—. Es su forma de vengarse porque Agente persigue a su gato.

Gina sonrió. De verdad le gustaba aquel otro J.T., apasionado, ilógico. Humano.

—Si la señora Foley no le hubiera ofrecido habitación, Winnie habría dormido en su coche tranquilamente.

—No puedo venir a comer.

—Claro que puedes. Solo tienes que aceptar que ella estará aquí.

—¿Cuánto tiempo?

—¿Por qué no esperamos a ver cómo van las cosas?

—¿Por qué no ponemos unas reglas y la obligamos a aceptarlas?

—J.T., yo ni siquiera sé cuánto tiempo voy a estar aquí.

Él se quedó en silencio durante unos segundos.

—Puedes quedarte aquí todo el tiempo que quieras.

¿Para siempre? Aquellas palabras, no pronunciadas, parecieron quedar en el aire.

—Gracias —murmuró ella. J.T. era tan diferente de Eric. Gina intentó imaginarse a Eric haciendo cualquiera de las cosas que J.T. había hecho desde que ella había aparecido en su vida. ¿Cocinar? Nunca. ¿Limpiar? Ese era un trabajo de mujeres, según él. ¿Cambiar un pañal? Le hubiera dado la risa. ¿Tolerar una depresión postparto? «Está todo en tu cabeza», le habría dicho. Eric no era un hombre paciente. Y tampoco era un hombre generoso.

Pero habría adorado a su hijo.

Las palabras de Winnie sobre Eric y su padre la habían consolado. Se habría sentido desleal si las hubiera pronunciado ella, pero la sincera admisión de la mujer había formado un lazo entre las dos. Si consiguiera que J.T. y Winnie se cayeran bien, todo sería perfecto.

¿Por qué le importaba tanto?, se preguntaba.

Gina cerró los ojos y la respuesta la golpeó con la intensidad del rayo. «Porque me he enamorado de él. Me he enamorado».

La revelación fue dolorosa. No sería fácil amar a aquel hombre. Tendría que luchar contra los recuerdos que lo perseguían, los recuerdos que habían destrozado su habilidad para amar y ser amado.

Y seguía temiendo que él cambiara después, como había ocurrido con Eric.

De una cosa estaba segura; si le decía que lo amaba, él la acusaría de ser impulsiva. Quizá había tenido razón la primera vez, pero no en aquel momento. Había llegado a aquella conclusión por sí misma, no porque él la hubiera convencido o forzado, como...

Gina suspiró. No debía comparar, pero J.T. era un hombre fuerte, seguro de sí mismo, apasionado pero no abrumador. Un auténtico compañero.

Un sueño hecho realidad. Siempre que aceptara ser un padre para el hijo de Eric.

—Joey está dormido y yo estoy agotada —dijo entonces, levantándose—. Solo son las nueve, pero voy a darme una ducha y después me iré a dormir.

—Yo meteré al niño en la cuna.

Gina se quedó mirándolo como si lo viera por primera vez. Sus ojos parecían más claros, como si estuvieran iluminados por dentro. Y su cara le era cada vez más querida, su boca más tentadora. ¿Cómo sería pertenecer a aquel hombre en cuerpo y alma? ¿Sería posible?

El beso de buenas noches fue un simple beso en la frente. Después del que habían compartido por la mañana, Gina esperaba que algo hubiera cambiado entre ellos. Y quizá había cambiado. Quizá la llegada de Winnie lo había cambiado todo.

Pero él no iba a salirse con la suya. Gina enredó los brazos alrededor de su cuello y, poniéndose de puntillas, lo besó hasta que él empezó a tomar el control, convirtiendo el beso en un asalto, apretándola contra sí con su brazo libre.

Aquel hombre podía hacer el amor con la boca y Gina lo deseaba desnudo, apretado contra su cuerpo, donde pudiera tocarlo y sentirlo. Necesitaba pasar los dedos por el vello de su pecho, deslizarlos por su estómago plano hasta envolver...

J.T. se apartó, murmurando su nombre mientras apoyaba su frente sobre la de ella. Gina sintió deseos de llorar. ¿Que no podía abrumarla? ¿Cómo podía estar tan equivocada?

—Será mejor que te vayas —dijo él por fin.

A Gina le temblaban las piernas mientras se dirigía hacia el cuarto de baño. Faltaban cuatro semanas para que él pudiera usar algo más que su boca. Cuatro largas semanas.


—Señora Banning.

—Buenos días, Jefe Ryker.

J.T. la invitó a entrar en su casa con un gesto. Apenas había dormido recordando el último beso y anticipando los cambios que causaría la presencia de Winnie. Había caminado arriba y abajo, hablando sin palabras con el fantasma de su hermano. Después había salido al porche, pero nada lo ayudaba. Deseaba a Gina y quería que su suegra se fuera de allí.

—Gina está en la cocina. ¿Ha desayunado?

—Hace horas —contestó la irritante mujer, para recordarle cuánto tiempo la habían hecho esperar. Cuando Gina se había ido a la cama la noche anterior, J.T. había llamado a Winnie para decirle que no fuera a su casa antes de las nueve. Reconocía que lo hacía por egoísmo. Disfrutaba estando a solas con Gina—. Imaginé que estaría trabajando cuando por fin se me permitiera ver a mi nieto.

J.T. había planeado marcharse a la oficina, pero el tono beligerante de la mujer le hizo cambiar de opinión. No podía entender cómo Gina podía soportarla.

—Me iré cuando tenga que irme.

—Buenos días, Winnie —la saludó Gina cuando entraron en la cocina—. ¿Quieres un café?

—Hoy comeré en el restaurante de Belle —dijo J.T., deseando besarla delante de Winnie para darle una lección. El tonto pensamiento lo irritó. Parecía estar volviendo a la adolescencia—. Nos veremos más tarde. Vamos, Agente.

El perro se colocó al lado de Gina, moviendo la cola. Lo miraba como diciendo: «Lo siento, pero hoy no voy a ningún sitio».

Aquella mujer se había hecho con su casa, pero que se hiciera también con su perro... Su propio perro, un traidor.

J.T. escapó de allí y dio un par de vueltas por el pueblo para comprobar que todo seguía tranquilo. Aquel día no se paró a charlar con nadie. El rumor de que la suegra de Gina estaba allí se habría extendido como la pólvora, de eso estaba seguro. A saber lo que Winnie le habría contado a la señora Foley.

Cuando empezó a notar las sonrisas irónicas que le dirigían algunos de los vecinos, comprobó que no se había equivocado.

J.T. lanzó una maldición mientras encendía el ordenador y, en ese momento, Max entró en la comisaría.

—¿Cómo voy a mantener la autoridad si la gente me ha perdido el respeto? —casi gritó J.T. al verlo—. Nunca he sido objeto de comentarios en este pueblo. Nunca.

Max se sentó frente a él.

—Buenos días, J.T. ¿Estamos teniendo un mal día?

—No te rías de mí. ¿No tienes que visitar a ningún paciente?

—Ahora mismo, no.

La plácida respuesta de Max obligó a J.T. a calmarse un poco.

—La gente tiene que saber que puede contar conmigo.

—Todo el mundo lo sabe, pero eso no significa que no sientan curiosidad. Esto es mucho más interesante que la televisión.

—Mi vida se ha convertido en un culebrón, Max.

—Yo mismo estoy esperando el siguiente capítulo —sonrió el médico. J.T. tuvo que sonreír también—. Pareces cansado.

—Falta de sueño —dijo él. Falta de privacidad. Falta de sexo—. Soy un idiota. ¿Puedo hacerte una pregunta, Max?

Max lo miró durante unos segundos.

—No siempre es necesario esperar seis

semanas después del parto para tener relaciones sexuales. Algunas mujeres están dispuestas antes que otras.

Agradecido por la intuición de su amigo, J.T. decidió seguir preguntando.

—¿Y cómo lo sabremos?

—Le diré que vaya a verme cuando hayan pasado cuatro semanas. Supongo que ella estará tan ansiosa como tú.

—No lo hemos hablado.

—Yo solo puedo decirle si puede o no mantener relaciones sexuales. El resto depende de vosotros. Pero recuerda que puede quedar embarazada —dijo Max, mirando su reloj—. Aunque todo el mundo se alegraría de eso.

—Yo no sé si me alegraría.

—Entonces, quizá sea mejor que esperes hasta estar seguro.

# Capítulo Nueve

Estupendo. El coche de Winnie no estaba en la puerta. J.T. aflojó un poco la presión con la que sujetaba el volante. Durante una semana se habían saludado amablemente. Durante una semana, ella había dado consejos que nadie le pedía sobre cómo cuidar al niño. Winnie no dejaba de comentar que Joey iba a enfriarse, que estaba demasiado arropado, que tenían que hacer esto o lo otro. El día anterior habían tenido una enorme discusión sobre la posición en la que debía dormir.

—Pues en mis tiempos los poníamos boca abajo.

—En sus tiempos las mujeres daban a luz y después se iban a trabajar al campo —había murmurado él, haciendo que Gina soltara una carcajada y que Winnie lo mirase con ojos de asesina.

Los últimos dos días también se había quedado a cenar, así que había tenido que soportarla cuando podía haber estado disfrutando tranquilamente de la compañía de Gina. Pero ella parecía realmente feliz aquella semana. Y tenía que reconocer que Winnie la estaba ayudando mucho. Quizá era por eso por lo que sonreía tan a menudo.

J.T. la encontró sentada en la mecedora, dándole el pecho al niño. Joey chupaba con tanta ansiedad, que el ruido se escuchaba casi en la cocina.

—Hola —lo saludó ella en voz baja. Su cara se había iluminado al verlo.

Parecía tan perfecta, tan serena. Joey apretaba el pecho de su mamá con la manita, mientras movía los dedos de los pies.

El corazón de J.T. dio un vuelco. Los sentimientos que había intentado enterrar aparecían de repente, ahogándolo. Quizá debía arriesgarse. Quizá podría tener un futuro con ella. Y con su hijo.

El hijo de Eric... No, el hijo de Gina.

J.T. apretó los labios. La madre de Eric también entraba en el lote.

Y había tantas cosas que nunca podría decirles sobre Eric. Aunque a él se le daba bien guardar secretos.

—¿Qué ocurre? —preguntó Gina—. ¿Por qué pones esa cara?

J.T. decidió dejar de darle vueltas a la cabeza. Aquella noche era para ellos. De una zancada se acercó y la besó en los labios con ternura.

—Hola otra vez.

—Hola —sonrió Gina. J.T. besó la cabecita del niño—. Parece que te alegras de vernos.

—Más de lo que te puedas imaginar —dijo él—. ¿Winnie ha vuelto a Los Ángeles?

—Ya sabes que no. La han invitado a una reunión de la Asociación de Mujeres.

—No parece ese tipo de persona.

—La verdad es que estaba involucrada en varias asociaciones antes de dejarlo todo para cuidar de mí.

—¿No trabaja?

—Su marido la dejó bien situada. Pero creo que sería bueno para ella que hiciera algo.

Joey perdió el pezón y se puso a llorar hasta que Gina lo ayudó a encontrarlo de nuevo.

—Qué enano tan impaciente.

—¿Y tú, Gina? ¿Tu marido te dejó bien situada?

Ella no lo miró.

—Eric tenía un seguro.

—¿No tienes que ponerte a trabajar?

—No, a menos que quiera hacerlo.

—¿Y la universidad? Si no recuerdo mal, tenías una beca. Querías ser profesora.

—Tenía una beca deportiva. Pero ya no podría utilizarla.

—¿No quieres volver a la universidad?

—Algún día. Por el momento, mi trabajo

está aquí, en mis brazos. Es un lujo que muchas mujeres envidiarían.

—Probablemente tú también envidias lo que tienen otras mujeres.

«Un marido, un hogar», pensaba J.T.

Gina apartó la mirada.

—¿Qué tal el día? —preguntó, cambiándose al niño de lado y cubriéndose el pecho que había quedado al descubierto. J.T. tuvo que apartar la mirada.

—Interesante.

—¿En qué... sentido?

Ella también estaba turbada y eso le gustó.

—Me ha llamado el comisario del condado. Ha habido un robo en Alta Tierra, un pueblecito a quince kilómetros de aquí, y a media mañana, Barney, el encargado de la gasolinera, me llamó para decir que había un tipo raro poniendo gasolina —empezó a explicar J.T.—. Cuando llegué, Barney y el tipo estaban discutiendo acaloradamente. Para hacer tiempo hasta que yo llegara, Barney insistía en lavarle el coche y, aunque el hombre se negaba, Barney enchufó la manguera. Con tan mala suerte que la ventanilla estaba abierta y lo empapó de arriba abajo. Con el frío que hace, el pobre hombre casi se hiela.

—¿Y resultó ser el ladrón?

—No. Barney ha tenido que hacerle un cambio de aceite gratis.

Los ojos de Gina brillaban, alegres.

—Te gusta tu trabajo, ¿verdad?

Él estaba acariciando el borde de su blusa y se lo llevó a la cara. Olía a flores. A Gina.

—Me gusta mi trabajo en este pueblo.

—¿Y en Los Ángeles?

—Allí era diferente.

—Una vez me dijiste que te habías hecho policía por una razón.

J.T. apartó la mirada. ¿Hablar de ello terminaría con su pesadilla de una vez?, se preguntaba.

Gina sacó entonces una fotografía enmarcada que estaba bajo la mantita de Joey.

—Eres tú, ¿verdad?

—¿De dónde la has sacado?

—Estaba guardando la ropa limpia en tu cómoda cuando la vi. Estás guapísimo. Seguro que en esta época te llevabas a las chicas de calle.

J.T. tomó la fotografía y la miró con cariño.

—No soy yo.

—¿Quién es?

—Mi hermano Mark. Murió hace quince años.

Gina le pasó la mano por la cara, pero J.T. no dejó de mirar el retrato.

—Lo siento mucho. No sabía que tuvieras un hermano gemelo.

—¿Sabes que sigue hablándome? —sonrió él con tristeza.

—¿Y qué te dice?

J.T. colocó la fotografía sobre la mesa, tomándose su tiempo.

—Cree que soy demasiado noble.

—¿Y tú qué crees?

—Que probablemente tiene razón. Pero yo soy como soy.

—Lo querías mucho, ¿verdad?

—Nos queríamos mucho.

—¿Cómo murió?

J.T. se pasó la mano por la cara y cuando la apartó parecía diez años mayor.

—Se suicidó el día que cumplíamos veinte años.

A Gina se le formó un nudo en la garganta.

—Debió ser horrible para ti —murmuró.

El niño había dejado de comer y se estaba quedando dormido. Gina se lo colocó sobre el hombro y empezó a acariciar su espalda, deseando calmar el dolor del hombre que había frente a ella con la misma facilidad.

—Mark siempre fue diferente. Difícil. Después de años de visitar al médico, le diagnosticaron un desorden mental. Era maníaco depresivo. De niño comía hasta llenarse porque no podía parar. Apenas dormía. Solía pasear de noche por la casa y a veces me despertaba para hablar. Hablábamos hasta el amanecer. Era un chico muy dotado para el arte y pintaba durante horas, cuadros cada día más lúgubres, más oscuros. Después salía de ese estado febril y dormía durante días.

—¿Las acuarelas de tu habitación... son de tu hermano?

J.T. asintió.

—Cuando estaba calmado, pintaba paisajes preciosos —murmuró, acariciando la espalda del niño, como si necesitara el contacto—. Pero no podía controlarse. Esa fue su tragedia —añadió, levantándose—. Mark empezó a tomar litio a los dieciocho años, pero decía que era una barrera para su creatividad. Sé que esto puede parecer una locura, pero a veces yo podía leer sus pensamientos. A veces podíamos hablar sin decirnos nada y otras él se volvía impenetrable —siguió contando J.T., apoyado en la repisa de la chimenea—. Un día perdió la cabeza y compró una pistola. Amenazó con ella a un policía hasta que él tuvo que defenderse y disparar para evitar que lo matara. Una forma de suicidio —añadió, casi sin voz—. Yo supe cuándo la bala lo había matado. Supe el momento exacto en el que mi hermano había muerto porque dejé de oír su voz en mi cabeza.

Gina dejó al niño en el sofá y se acercó a J.T. para abrazarlo, llorando por su hermano muerto. Llorando por el hombre destrozado que había quedado atrás, la mitad de un todo. El gemelo sensato, el hombre que siempre ponía las necesidades de los demás por delante de las suyas.

—A mí no me quedan lágrimas —susurró él.

—¿Por eso te hiciste policía?

—Pensé que podría identificar a la gente con enfermedades mentales mejor que cualquier otro. No quería que lo que le había pasado a mi hermano volviera a ocurrirle a nadie.

El teléfono sonó en ese momento y los dos se apartaron, sobresaltados. J.T. tomó el auricular con desgana.

—Iré enseguida —dijo antes de colgar—. El viejo John ha vuelto a emborracharse.

Probablemente no querría volver a hablar de ello, pensó Gina cuando lo vio alejarse en el jeep. Y hubiera querido preguntarle sobre aquel otro hombre que había muerto a manos de un policía. El propio J.T.

Él se había marchado de Los Ángeles después de aquello. Se había hecho policía por una razón y creía haber fracasado. El hombre al que él había tenido que disparar había dejado una nota de suicidio, pero eso no cambiaba nada.

Conociendo a J.T., entendía que hubiera decidido abandonar el cuerpo. Y conociendo a J.T. entendía que hubiera decidido seguir siendo policía, pero en un lugar en el que conociera a todo el mundo, en el que pudiera resolver los problemas antes de que fuera demasiado tarde.

Para darle sentido a la muerte de su hermano.

Lo escucharía si él quería hablar, pero no volvería a sacar el tema. J.T. se merecía enterrar aquel terrible sufrimiento.

Pero, al menos, Gina sabía contra qué estaba luchando.

# Capítulo Diez

Winnie Banning no tenía intención de marcharse de allí sin Gina y su nieto J.T. llegó a aquella conclusión cuando su visita se alargó una semana más y la mujer empezó a involucrarse en todo tipo de actividades sociales. Su primera ocupación era conseguir fondos para abrir una biblioteca y la siguiente, formar una asociación que ayudase a todos los necesitados de la comarca.

La puerta de su oficina se abrió en ese momento y Jeremy Burton entró como una exhalación.

—¿Me firma el papel, Jefe?

Jeremy, un niño de catorce años con los ojos escondidos bajo un largo flequillo, lo miraba con ansiedad. Aquel día había terminado las treinta horas de servicios a la comunidad, su sentencia por hacer pintadas en las paredes del pueblo. Además de limpiar las pintadas, había tenido que trabajar en las tiendas cuyas paredes habían sido mancilladas.

—No quiero volver a verte en mi oficina a menos que quieras hacerte policía —le dijo J.T. con seriedad.

La expresión del crío se iluminó.

—¿Puedo ser policía?

—Cuando tengas dieciséis años, hablaremos.

—¿Me lo promete?

—Te lo prometo. Pero tendrás que cortarte el pelo.

La puerta se abrió tras Jeremy, llevando un viento helado a la oficina. Winnie apareció con Joey bien abrigado sobre su pecho. Estupendo. El día completo, pensó J.T.

—Nos veremos, Jefe —dijo el niño.

—Ven a saludarme de vez en cuando, ¿de acuerdo?

—Vale. Adiós.

—Pensé que Gina y tú habíais ido a Sacramento de compras —dijo J.T., acariciando la cabecita del niño.

—Son las tres de la tarde. Hemos ido y hemos vuelto —dijo Winnie, dándole un papel. J.T. lo miró, sorprendido—. Es la lista de gente que ha donado libros para la biblioteca. He pensado que podías ir recogiendo las cajas mientras haces tu ronda diaria.

—¿Es que tú no puedes conducir?

Winnie lo miró sin expresión.

—He pensado que podrías guardar las cajas en tu garaje, ya que nunca metes el coche.

—Ah, tú has pensado...

—Por cierto, podrías donar ese montón de libros que tienes en tu casa —lo interrumpió ella, inasequible al desaliento—. Nunca habría imaginado que te gustara Shakespeare.

—¿Dónde está Gina? —preguntó J.T., ignorando la sugerencia.

—Ha ido al médico para... —J.T. no escuchó el resto. Habían pasado cuatro semanas. Había estado contando los días, pero ella no había mencionado la cita con Max. ¿Aquella noche? ¿Por fin?—. Jefe Ryker, ¿va a prestarme atención o va a seguir portándose como un grosero?

¿Le diría Gina si había recibido el parabién de Max? ¿Tendría que adivinarlo él? No habían hablado de ello, pero en sus miradas había el mismo anhelo. Solo era una cuestión de tiempo...

—¿Quería algo más, señora Banning?

—Puedes empezar por llamarme Winnie. Me haces sentir como una vieja —contestó la mujer, tuteándolo.

—Es una forma de respeto.

Ella hizo un gesto de incredulidad y J.T. tuvo que disimular una sonrisa.

En ese momento, Gina entró en la oficina. J.T. la miró para ver si había algún cambio en ella, pero no observó nada. No estaba ruborizada, en sus ojos no había la promesa de una noche inolvidable. Pero tampoco parecía decepcionada. Era horrible no poder leer sus pensamientos.

—¿Te gustaría que saliéramos a cenar esta noche? —preguntó J.T., sin pensar.

—Gracias, pero estoy agotada —sonrió ella.

J.T. se sintió desilusionado, pero intentó disimular. Quizá Gina no era una mujer romántica o quizá no quería que Winnie pensara que la suya era una relación más que amistosa.

Cuando se marchaban, Winnie le lanzó una mirada de... ¿curiosidad, triunfo?

J.T. se sentía como un idiota.


Después de cenar, cuando Joey estaba en su cuna, J.T. puso una música suave en el estéreo. Bailar era un sacrificio para él, pero quería que todo fuera romántico.

Gina aceptó la mano que él le ofrecía, pero estaba rígida. Cuando terminó la canción, se excusó diciendo que estaba agotada y se fue a dormir. A las ocho de la tarde.

Max debía haberle dicho que aún no estaba preparada.

En fin, pensó él. Necesitaba dormir y aquella parecía ser la noche perfecta para eso.

Gina se inclinó sobre la cuna, con la mano en el corazón. No oía nada. Aterrada, puso la mano sobre el diminuto pecho de su hijo y... ¡respiraba!

Tuvo que sujetarse a la cómoda para que sus piernas la mantuvieran. Por un momento, al no escuchar la respiración de su hijo, había sentido pánico.

La puerta del dormitorio se abrió en ese momento.

—Creo que me he quedado dormido. ¿Se ha despertado ya?

—Aún no.

—Pero son las tres y media.

—Ya ha cumplido un mes y ahora duerme un poco más. Deberíamos alegrarnos.

—Ah. ¿Y qué hacemos ahora?

—Volver a la cama. Él nos dirá cuándo tiene hambre.

—¿Puedes volver a dormirte?

—Claro —contestó ella, sin mirarlo.

J.T. se quedó pensando unos segundos y después la tomó de la mano.

—Ven conmigo.

La luz estaba apagada y solo la pálida luz de la luna bañaba el dormitorio del hombre.

—¿Qué haces?

—Métete en la cama. Voy a encender la chimenea —dijo él. Gina decidió no hacer-

133

se preguntas y se deslizó entre las sábanas—
. Te has asustado, ¿verdad?

—Es que no lo oía respirar.

—Ya me lo imaginaba. Yo también me he asustado.

Gina apoyó la cara sobre la almohada, que conservaba el aroma del hombre.

—Me he dado cuenta.

—Me da menos miedo enfrentarme con un hombre armado hasta los dientes —sonrió J.T., metiéndose en la cama con ella. Gina intentó que no se notase, pero su corazón había vuelto a acelerarse. Aquella vez por una razón muy diferente—. Te daré un masaje en la espalda mientras esperamos que Joey se despierte.

Mientras se daba la vuelta, Gina se dio cuenta de que, por primera vez, él había llamado a Joey por su nombre. ¿Significaría eso algo?

—Quítate la camisa —dijo él entonces.

—¿Qué?

—Aquí hace calor, Gina. Además, de la cintura para arriba, nada de ti me pilla por sorpresa.

Reuniendo valor, Gina se desabrochó la camisa y la dejó sobre la cama. A pesar del calor que hacía en la habitación, se le puso la piel de gallina.

J.T. le desabrochó el sujetador y la dejó

libre, expuesta. Aunque estuviera de espaldas.

—Prefiero dejarme el sujetador puesto. Estoy manchando porque voy a darle el pecho a Joey —murmuró ella, lamentando la vuelta a la realidad. No podía haber romance en aquel momento, pensó, deseando que las cosas fueran diferentes.

Gina notó que él se movía y después su camiseta, aún caliente, cayó sobre su hombro.

—Póntela debajo. Las cosas pueden lavarse.

Gina cerró los ojos, disfrutando de las grandes manos del hombre en su espalda. J.T. nunca se daba prisa, siempre hacía las cosas con calma. Era metódico, meticuloso y considerado, además de independiente y testarudo. No era un hombre exigente, ni que cambiase bruscamente de humor.

—No sé cómo voy a pagarte —murmuró ella—. Siempre estás pendiente de mí.

—No me debes nada.

J.T. acariciaba su espalda sin prisas. No había razón para apresurarse y sí para saborear aquel momento.

Aunque no hablaban, los suaves gemidos de Gina le decían que el masaje era placentero. Después de un rato, J.T. deslizó los dedos por sus costados, rozando una piel más suave y decididamente más curvilínea... sabiendo que aquella zona estaba reservada para el niño.

Gina lanzó un suave gemido cuando J.T. se aventuró más arriba y se levantó un poco en sutil invitación, arqueando la espalda cuando por fin él acarició sus pezones con la punta de los dedos.

—Lo siento —susurró ella—. Estoy tan... esto no es nada romántico.

Gina no lo entendía, se dio cuenta él, no sabía que todo en ella lo excitaba.

—Date la vuelta.

J.T. esperó mientras ella se lo pensaba. No había prisa, se decía. Tenía que dejarla acercarse a él por propia voluntad. En cualquier caso, aquella noche no podían llegar muy lejos.

Arrastrando con ella su camiseta, Gina se dio la vuelta y lo miró a los ojos.

J.T. la obligó a sentarse sobre él y Gina clavó los dedos en sus hombros, intentando mantener el equilibrio. Él la sujetó por las caderas, con su ropa interior quemándolo.

J.T. esperó, observó. Deseó. No la tocó, excepto con los ojos.

Gina rodeó su cuello con los brazos, apretando la boca contra la del hombre, buscando entrada con su lengua. Bajando las caderas, se sentó sobre su estómago, gimiendo. El sonido pasó de una boca a otra, la vibración deslizándose por el cuerpo masculino, centrándose en el punto en el que estaban en contacto.

—No —gimió ella, escondiendo la cara en su hombro.

—No pasa nada. No pasa nada —susurró J.T., abrazándola—. Sé que no podemos hacer nada hasta que Max diga que estás preparada.

—Max me ha dicho que estoy perfectamente.

J.T. se quedó helado.

—¿Qué?

—Hoy he ido a verle y me ha dicho que podemos hacerlo.

—Pero... —empezó a decir él—. ¿Por qué no me lo habías dicho?

—¡Porque tenía miedo de no poder parar!

J.T. contó hasta diez.

—Ahora dime algo que tenga sentido.

—Hoy he ido de compras porque quería comprar algo bonito para cuando llegara la ocasión... pero no he podido comprar nada porque Winnie no me ha dejado sola ni un momento.

—Gina, ¿tú crees que me importa lo que te pongas?

—Para mí es importante.

Mujeres.

—Yo también quería darle un toque especial a esta noche, por si acaso... cenar fuera, ir a bailar. Quería que fuera especial.

—Es muy bonito, J.T., pero mírame —susurró ella, acariciando su cara—. Mírate a ti. Te he manchado... y podría ser peor si... ya sabes.

Joey empezó a llorar en ese momento y Gina intentó levantarse, pero él le puso una mano en el brazo.

—Sería perfecto de cualquier forma —murmuró J.T. con voz ronca. Gina asintió. El llanto del niño exigiendo su comida era lo más importante en ese momento—. Puedes darle el pecho aquí. Yo iré a buscarlo —añadió, lamentando que el momento se hubiera perdido.

Unos minutos después, la imagen de Gina desnuda dándole el pecho al niño quedó grabada en su memoria. Pero cuando Joey se quedó dormido, ella salió de la habitación sin decir una palabra.

J.T. se dejó caer sobre la cama, decepcionado. Había deseado tenerla aquella noche. Lo había deseado con todas sus fuerzas. Cuando había abandonado toda esperanza, la puerta de la habitación se abrió. J.T. se apoyó en un codo y admiró el cuerpo femenino, cubierto apenas por la camisa, la curva de sus pechos moviéndose con cada paso.

Su abdomen seguía teniendo una curva que a él le parecía deliciosa. Sus ojos brillaban como nunca y su aroma se mezclaba con el calor de la habitación, excitándolo. En silencio, Gina se arrodilló sobre la cama y le pasó un paño húmedo por el pecho. Él se dejó caer sobre la almohada y cerró los ojos, sin moverse. El pelo de Gina rozaba su estómago cuando lo besó justo sobre el corazón.

—Tu camisa es el camisón más especial que he llevado nunca —susurró—. Parece que estoy durmiendo en tus brazos.

—Entonces, espero que esto no te importe —dijo él, quitándosela con delicadeza. Gina se bajó las braguitas y lo miró, tentadoramente natural, asombrosamente audaz.

Y suya.

J.T. se quitó el pantalón de deporte y se arrodilló frente a ella. La había deseado durante tanto tiempo. Sus manos temblaban mientras apartaba el pelo de su cara. Gina sintió un escalofrío.

—Relájate. Vamos a tomarnos nuestro tiempo —dijo él, recordándose a sí mismo que debía ir despacio, que debía ser cuidadoso con ella, aunque en su interior se había desatado una tormenta.

J.T. enredó los dedos con los de ella y deslizó los labios abiertos desde su cuello hasta el pecho, sujetando sus manos a los lados, esperando una palabra que lo detuviera. Gina se arqueó un poco, inclinándose a un lado. Soltando sus manos, él tomó el tesoro que ella le ofrecía y deslizó la lengua arriba y abajo, una y otra vez.

—No pares —murmuró Gina.

—Quiero saborearte —susurró él con voz ronca.

Gina era como un milagro. Una creadora de vida. Una mujer, pura y generosa. Dura y suave. Dulce y caliente. Mejor que en sus sueños. Real, por fin. Algo que podía tocar y saborear, una obsesión finalmente satisfecha.

J.T. sabía cuándo y cómo moverse y lo hizo, capturando su boca, apretando su cuerpo contra el suyo, el beso un torrente salvaje que ella devolvía con fervor. Las manos de Gina se deslizaban hasta su trasero mientras levantaba la pelvis, buscando, rogando.

—No tan rápido —murmuró él.

—¿Por qué no?

Aquello lo hizo sonreír. Ella tomó su cara entre las manos y lo besó con fuerza. Pero mientras deslizaba las manos hacia abajo. J.T. sintió que algo se enredaba en el vello de su pecho.

Algo...

La alianza.

La maldita alianza.

Mirándola a los ojos, J.T. tomó su mano izquierda.

—Esto no puede estar entre nosotros, Gina.

—Lo sé.

—Si te lo quito, no volverás a ponértelo.

J.T. cerró los dedos sobre la alianza, pero ella negó con la cabeza.

—No puedes ser tú —murmuró—. Tengo que hacerlo yo.

# Capítulo Once

Sin la alianza, aquello dejaría de ser un secreto. Winnie lo sabría. Todo el mundo lo sabría. Gina no estaba segura de dónde iba a llevarla aquello, solo sabía que tenía que hacerlo.

Alguien tenía que arriesgarse y no sería él. J.T. era demasiado lógico, demasiado acostumbrado a poner las necesidades de los demás por delante de las suyas. ¿Tomar algo solo porque lo deseaba? No era parte de su código.

Notando la mirada ardiente del hombre clavada en ella, Gina se quitó la alianza y la dejó caer sobre la mesilla, el golpe del metal sobre la madera fue como un clavo en el ataúd de su relación con Eric. Un luto que había desaparecido tiempo atrás privadamente, aunque no en público.

Él tomó su mano, acarició la marca del anillo y después pasó la lengua por su dedo, como si quisiera marcarla. El mundo parecía brillar de otro modo en aquel momento.

J.T. no había dicho palabras de amor. Eso era cierto. Y tampoco ella podía decirle las palabras que esperaban escondidas en su corazón hasta que él estuviera preparado para oírlas. De otro modo, podría tomarse el deber al pie de la letra.

—Gina...

Él la estaba esperando, con calma, con paciencia. ¿O era inseguridad? ¿De verdad creía que iba a cambiar de opinión? ¿Creía que había llegado tan lejos para parar después?

—Hazme el amor —murmuró.

J.T. se tumbó a su lado y enredó las piernas con las de ella, las caderas pegadas, el suave vello de su torso rozando el pecho femenino. Gina dijo que estaba preparada.

—Aún no —murmuró él, besándola en la sien.

Empezó con su boca y terminó con los dedos de sus pies. Por el camino, iba descubriendo, explorando, tentándola. Era tierno y exigente a la vez, se apartaba y se tomaba libertadas que la ruborizaban. Asaltaba sus sentidos, esposaba su pudor.

Gina insistió en que estaba preparada y él se colocó sobre ella, acariciando, probando.

—Aún no —murmuró. Su gemido de frustración lo hizo sonreír, con el conocimiento que le daba su poder.

Él le pedía todo, no se conformaría con menos, no solo de ella sino de él mismo. Finalmente, Gina dejó de pensar y se perdió en él, en las texturas de su cuerpo, en la belleza de su masculinidad.

—Preparada —murmuró J.T.

Entonces, duro y ardiente se deslizó dentro de ella. Una explosión instantánea. La boca del hombre en la suya, como fuego líquido, despertando gemidos cada vez más agónicos y otros más oscuros. No, aquellos eran de él.

Gina se sentía dichosa con aquel poder. Encontraba placer en la satisfacción del hombre.

Entonces sus dos mundos chocaron, creando un universo nuevo, minúsculo pero suyo. Solo suyo.

El cielo en la tierra.


J.T. se apartó, deseando mantenerla entre sus brazos, pero sabiendo que era demasiado pesado.

—No sabía que podía ser tan maravilloso —murmuró Gina.

«Gracias, Gina», pensó él. Su curiosidad satisfecha con una sola frase.

—¿Sabes que día es hoy? —preguntó J.T., besando su pelo.

—¿El primer día del resto de mi vida?

El tono burlón no podía disimular la

profundidad de la pregunta, una para la que él aún no tenía respuesta. Tenía que pensar en las consecuencias, tenía que saber si ella aceptaría no tener más hijos. No había estado tan loco como para no usar protección.

—Mi cumpleaños —sonrió J.T. Gina levantó la cabeza y apoyó los brazos sobre su pecho—. Esta es la primera vez en quince años que no voy a pasar mi cumpleaños celebrándolo con whisky.

—¿Tú? Nunca te he visto beber más que cerveza.

—Solo bebo una vez al año.

«Y en otra ocasión. La noche que tú me dijiste que me odiabas».

—El dolor nos cambia. He aprendido eso.

No era solo dolor. Era rabia, impotencia y frustración. Si pudiera conseguir hacer las paces con su hermano muerto...

—Quizá este año me emborrache con una botella de Gina.

—Según mis cálculos, aún quedan diecinueve horas para tu cumpleaños y solo has bebido hasta... —Gina señaló su hombro— aquí. Así no puedes emborracharte.

—A mí no me duele nada. ¿Y a ti?

Gina aplastó la nariz sobre su pecho y respiró el aroma masculino.

—Me parece que tú has hecho todo lo posible para que fuera así.

—Era importante. Y sigue siéndolo. Gina, mírame, por favor. Si algo te hace sentir incómoda, tienes que decírmelo.

—Lo intentaré.

J.T. se sentó y apoyó la espalda en el cabecero, colocándola sobre sus piernas.

—Tienes que hacerlo. Y tienes que decirme también lo que te gusta.

Gina no sabía cómo hacer eso. No tenía por qué sentirse tímida con él, pero no tenía experiencia con alguien a quien le importaba más su satisfacción que la suya propia.

—Me ha gustado todo lo que has hecho —le dijo sinceramente—. Tenía un poco de miedo de que me doliera, pero después se me olvidó.

—Supongo que no podemos contarle a Winnie lo que estamos haciendo —bromeó él sobre su boca.

—Creo que acaba de darme fiebre —rio ella.

—Yo tengo una cura para eso.

—¿Una ducha fría? Porque yo ya me he dado muchas.

—Ahora entiendo por qué siempre tenemos agua caliente.

—¿Tú también?

—Yo también.

—Quizá ha sido mejor que tuviéramos que esperar un mes —murmuró Gina, apartando el pelo de su frente.

—Más tres años. La primera noche me acosté contigo de cien maneras diferentes... en mi cabeza, claro —sonrió él, besando su cuello.

—¿Es que hay... cien maneras?

J.T. deslizó la lengua entre sus pechos y la mordió suavemente. Ella se arqueó, dejando que él la sujetara, sintiéndose deliciosamente perversa. Más abajo, él presionaba contra ella duro y ardiente. Gina se movió un poco y él contuvo el aliento.

—Tengo que controlarme —murmuró J.T., como si quisiera recordárselo a sí mismo.

—Dime una de esas cien cosas que querías hacer.

—Si lo hago, ¿tú también me dirás algo?

—¿De aquella noche?

—De aquella noche. Antes de que habláramos.

—Y tú me rechazaras.

Él suspiró.

—Eras una adolescente, Gina.

Ella arrugó la nariz.

J.T. deslizó las manos hasta su trasero y la atrajo hacia él.

—Una vez te inclinaste sobre la mesa de billar, sin dejar de mirarme, ¿te acuerdas?

—¿Cuándo?

—Cuando me llamaste con el dedo...

—¡Yo nunca hice eso!

—¿De quién es la fantasía? —rio él, apretándola con más fuerza. La fricción lo volvía loco—. Yo te coloqué sobre el borde de la mesa, te rompí la camiseta, te arranqué los vaqueros y te tomé encima de la mesa. Chaqueta de cuero, actitud de chica mala y luego eras una niña buena. El sueño de cualquier hombre.

J.T. la levantó entonces, la empaló.

Ella lanzó un gemido, cerrando los ojos.

—Me llenas de tal forma que casi no puedo respirar —dijo, con voz temblorosa.

—No te muevas. Deja que te mire. No sabes cuántas veces te he imaginado así. Cada vez que estábamos en la misma habitación. A veces cuando no estabas.

—Te refieres... —su voz se cortó cuando él deslizó una mano entre ellos, explorando, excitándola— a esas veces, cuando coincidíamos en alguna fiesta del departamento, rodeados de gente —consiguió terminar a duras penas cuando él empezó a acariciarla con el pulgar—. ¿Pensabas esas cosas sobre mí?

—Esos eran mis pensamientos más discretos.

Gina echó la cabeza hacia atrás, gimiendo suavemente.

—Yo... no sabía.

—No quería que lo supieras —dijo, J.T., temiendo perder el control porque no se había puesto protección.

—Estar cerca de ti me excitaba —susurró ella—. Me sentía tan desleal.

—La atracción entre dos personas es algo químico. No se puede controlar la respuesta del cuerpo, solo lo que se hace con ella. Y no tienes nada de qué avergonzarte —dijo él, dejando que ella se moviera un poco—. Ahora tú cuéntame algo.

—Te vas a reír.

—No me reiré.

—Parecías el hombre más solitario del mundo y yo quería abrazarte y consolarte.

Pero ella tenía entonces dieciocho años. Dieciocho, pensó J.T. apartándose un poco. No recordaba haber tenido una conversación mientras estaba dentro de una mujer. El placer era como una ola que iba creciendo cada segundo.

—Sigue contándome.

—Mis fantasías no eran tan explícitas como las tuyas. Yo no tenía demasiada experiencia. Y, la verdad, entonces me dabas un poco de miedo.

Él contuvo el aliento cuando ella empezó

a lamer su torso, excitándolo, apretando con fuerza su miembro masculino.

No llevaba protección, tuvo que recordarse a sí mismo. Tenía que seguir hablando. Tenía que distraerse.

—Pero cuando me hacías el amor con los ojos, yo temía que algún día iba a dejarte hacerlo de verdad.

—Sabía que te sentías atraída por mí.

—¿Lo sabías?

Él puso las manos sobre sus pechos, acariciando sus pezones con la punta de los dedos.

—Se te ponían duros cada vez que nos mirábamos —murmuró.

—Al menos yo hice algo. Te invité a jugar una partida conmigo. Si no, te habrías quedado mirándome toda la noche sin decir nada.

—No te habría dejado marchar sin enterarme de quién eras.

Gina lo miró con los ojos llenos de pasión y muchos otros sentimientos a los que J.T. no se atrevía a poner nombre.

—Esta es la conversación más personal que hemos tenido nunca. Si hubiera sabido que te haría hablar teniéndote desnudo...

Él no la dejó terminar. La tumbó sobre la cama, se colocó la protección rápidamente y la penetró, sin dejar de mirarla a los ojos.

—¿Estás bien? —preguntó cuando ella lanzó un gemido.

Gina levantó las caderas.

—Mejor que bien.

J.T. disfrutaba de su deseo, exultante. Él exigía, ella aceptaba. Él capturaba, ella capitulaba. El deseo hacía desaparecer el pasado. Ningún otro hombre para ella, ninguna mujer para él. Volvían a nacer. Una unión primitiva, pero pura y limpia.

Sus susurros se mezclaban, sus almas convergían, los corazones estaban unidos. Ella era suya. Él, de ella. No había más verdad que esa.


J.T. sonrió al ver a Gina dándole el pecho a Joey, que movía las piernecitas como si estuviera bailando. Agente, tumbado a su lado, tenía la cabeza apoyada en el muslo de Gina.

—¿No es bonito? —sonrió ella.

—Precioso —dijo J.T., sentándose a su lado.

—¿En qué estás pensando?

—En lo guapa que eres.

—Siempre sabes qué decir —sonrió ella, apoyando la cabeza en su hombro.

No, él no siempre sabía qué decir. Ese era uno de sus problemas.

Cuando terminó de darle el pecho a Joey, Gina se dirigió al cuarto de baño. Su trasero desnudo lo excitaba. La hubiera seguido, pero sabía que Winnie llegaría de un momento a otro, de modo que se quedó en la cama, intentando pensar en otra cosa.

Unos minutos después, Gina asomó la cabeza por la puerta y lo llamó con el dedo. Con la misma voluntad que un hombre hipnotizado, J.T. se levantó.

—Sin ropa —dijo ella. J.T. se quitó los pantalones de deporte sin decir nada—. ¿No vas a preguntar qué pasa?

—Creo que es obvio —contestó él. Gina rio, deslizando la mirada hacia abajo, apreciativamente—. ¿Dónde está Joey?

—En la cuna. Estará dormido mientras nos damos una ducha. Juntos.

—Winnie estará a punto de llegar... en su escoba.

Gina lo empujó juguetonamente.

—La he llamado y le he dicho que no venga hasta las nueve y media.

—¿Y qué excusa le has dado?

—Que anoche estuviste trabajando hasta muy tarde y tenías que dormir un poco.

J.T. abrió el grifo de la ducha.

—¿Trabajando?

Por detrás, Gina lo abrazó, sus pechos suaves contra su espalda, sus manos deslizándose por el torso masculino, su abdomen... y más abajo.

—Trabajando mucho —murmuró con voz ronca—. Y me parece que vas a seguir haciéndolo.

—Soy un hombre con suerte.


Había planeado estar en la oficina cuando llegara Winnie, pero una llamada de teléfono lo había hecho retrasarse diez minutos. Eso y haber tumbado a Gina sobre su cama, empapados los dos, haciendo el amor con toda la pasión de la que eran capaces. Se habían quedado unos minutos hablando en voz baja, tocándose con ternura, hasta que no pudieron esperar un minuto más.

Mientras iba a la cocina, J.T. pensaba que quizá debería estarle agradecido a Winnie. Si no hubiera convertido la vida de su nuera en un infierno, Gina no habría ido a buscarlo.

Preparado para ser generoso con la mujer, amistoso incluso, entró en la cocina y le dio los buenos días.

Gina seguía teniendo el pelo mojado. Igual que él. No habían tenido tiempo de secárselo. Winnie miró de uno a otro y frunció el ceño. Y entonces miró la mano de Gina. Sin alianza.

—¿Quieres un café, Winnie? —preguntó Gina, percatándose de la situación.

—No, yo... —empezó a decir la mujer, pálida—. Solo había venido para... —intentó explicar, pero le temblaba la voz—. He hecho otros planes para hoy —terminó, antes de salir de la casa a toda prisa.

Gina dejó la taza de café sobre la mesa, suspirando.

—Debería haber hablado con ella.

—Lo peor ha pasado. Ya es hora de que lo acepte.

Gina asintió y J.T. la besó con fuerza en la boca, recordándole por qué se había quitado la alianza. Podría haberse quedado un poco más, ya que Winnie se había marchado, pero necesitaba estar solo.

Y quizá Gina también lo necesitaba.

Aquella noche le diría por qué no podía darle más hijos.

Aquella noche encontraría la manera de decírselo.

Aquella noche.

# Capítulo Doce

Gina preparó carne asada con patatas y zanahorias y un pastel de manzana para celebrar el cumpleaños de J.T.

Cuando terminaron, él se apartó de la mesa, con la mano sobre el estómago.

—¿Cómo lo has sabido?

—¿Saber qué? —preguntó ella.

—Que es mi comida favorita.

—Intuición femenina —sonrió Gina, aplastando un trozo de su pastel con el tenedor.

J.T. observó el gesto; estaba nerviosa por algo.

—Te lo ha dicho Belle.

Ella lo miró, sorprendida.

—Brillante deducción. Belle me llamó para retarme a un concurso de pasteles en el que el jurado serán los concejales del pueblo. Yo ni siquiera sabía que hubiera concejales en Objetos Perdidos.

—En este pueblo no hay elecciones. La gente se ofrece voluntaria y cuando se cansan, otros ocupan su lugar. Aaron Taylor es el alcalde desde hace quince años —explicó

J.T., mientras los dos se levantaban para retirar los platos.

—Es un pueblo estupendo.

—La verdad es que sí. Se le toma cariño —sonrió él. «¿Le has tomado cariño, Gina?», le hubiera gustado preguntar—. No vas a ganar el concurso —añadió, sonriendo al ver su expresión ofendida—. Los ciudadanos de Objetos Perdidos son muy leales a Belle.

—¿Y cómo van a saber que el pastel ganador es de ella? Las pruebas se harán con los ojos vendados.

J.T. la atrapó por detrás mientras ella enjuagaba los platos.

—Porque el tuyo es el mejor.

—Buena respuesta.

—Te recuerdo que me debes un baile —dijo él, poniendo la radio.

—El otro día tuve que apartarme, pero fue un sacrificio.

En ese momento, el teléfono empezó a sonar. Murmurando una maldición, J.T. descolgó y gruñó un «dígame».

Al otro lado del hilo hubo unos segundos de vacilación.

—Feliz cumpleaños, hijo.

Él tardó un par de segundos en reconocer la voz.

—Hola, mamá.

Gina siguió limpiando los platos mientras él hablaba con sus padres. Al principio estaba tenso, pero después pareció relajarse. Ella también había hablado con sus padres aquel día por tercera vez desde la llegada de Winnie.

—¿Dónde estás? —sonrió él, tomándola por la cintura. Gina estaba mirando por la ventana, mientras escurría una bayeta una y otra vez.

—Estaba pensando en lo complicadas que son las relaciones familiares —contestó ella, disfrutando del momento. Sería maravilloso compartir la vida con él, pensaba. Maravilloso.

—Es la primera vez que hablo con mis padres en mi cumpleaños desde que murió mi hermano. Ellos llaman siempre, pero yo nunca había contestado hasta hoy. Sé que es egoísta por mi parte y que han sufrido mucho, pero...

—Ellos lo entenderán, J.T.

—Se sienten culpables. Sobre todo porque no supieron cuál era el problema de Mark hasta muy tarde. Pero también se sienten culpables porque creen que a mí no me prestaron atención.

—¿Y era así?

—Hacían lo que podían —contestó J.T., incómodo con los recuerdos—. Mark estaba enfermo. ¿Cómo va a enfadarse un padre con un hijo que está enfermo? Él solía decir que yo era el gemelo bueno y él el malvado y yo me lo tomaba a broma, pero cuando nos enfadábamos a veces temía volverme como él.

—Por eso es tan importante para ti mantener el control —dijo Gina—. Y por eso dejaste el departamento después de disparar contra aquel hombre.

J.T. se sintió momentáneamente paralizado por el recuerdo y después abrió el grifo para lavarse las manos. El simbolismo no se le escapó a ninguno de los dos; tenía sangre en las manos y nunca podría lavarla del todo.

—No tenemos que hablar de ello si no quieres —siguió diciendo Gina, apoyando la cara sobre su espalda—. Solo quería que supieras que te comprendo.

¿Cómo podía entenderlo nadie?, se preguntaba J.T.

No, él no quería hablar sobre eso. No en aquel momento. Si quería mantener a Eric fuera de su relación con Gina, no podía hacerlo. Pero volvió a sentir el dolor del fracaso como si todo estuviera ocurriendo de nuevo. Como su hermano, aquel hombre deseaba morir, pero había hecho algo diferente. Había tomado un rehén, su propia ex esposa.

Cuando casi lo había convencido de que soltara la pistola Eric decidió apresurar la situación. Un novato en el cuerpo, Eric se había acercado demasiado al hombre y este le había apuntado directamente. J.T. había tenido que disparar.

La investigación había exonerado tanto a Eric como a él, porque el hombre había dejado una nota anunciando su intento de quitarse la vida y pidiéndole perdón al policía que tuviera que disparar. Pero, por culpa de Eric, J.T. nunca sabría si hubiera podido convencer a aquel hombre de que se diera a sí mismo una oportunidad.

No pudo quedarse en el departamento después de eso, especialmente con Eric como compañero. Y pedir un cambio hubiera significado dar explicaciones que no quería dar. De modo que abandonó Los Ángeles, vendió su casa y acabó en un pueblo de nombre tan insólito como Objetos Perdidos.

El destino.

—Siento haberlo mencionado —murmuró Gina—. Es un mal recuerdo para ti.

—No podemos evitarlo para siempre.

—Hay otra cosa sobre la que me gustaría hablar. Y después, el pasado se terminó. El tuyo y el mío —dijo ella entonces. J.T. se puso tenso—. Cuando intentaste convencerme de que no me casara con Eric...

—Solo quería que te lo pensaras. No había razón para casarse a toda prisa.

—Mírame, J.T., por favor.

Él se dio la vuelta y Gina le puso las manos sobre el pecho.

—Cuando te dije que te odiaba... no era cierto. Mis sentimientos por ti eran demasiado complicados como para entenderlos entonces. Me odiaba a mí misma porque me sentía atraída hacia ti y porque había aceptado la proposición de Eric sabiendo que no estaba preparada. Necesitaba un objetivo para calmar mis iras y tú apareciste en el momento justo.

—Eras tan joven —susurró él, tomando su cara entre las manos—. Y apasionada por la vida.

—Demasiado apasionada. Y demasiado apresurada. Quería hijos, muchos hijos, quería mi propia familia y Eric deseaba lo mismo —dijo ella en voz baja—. Pero esa no es excusa para mi comportamiento. No debería haber pagado mis frustraciones contigo —añadió, mirándolo a los ojos—. Yo quería a Eric, J.T. Es importante que lo sepas, aunque te duela. No me habría casado con él si no lo amase. Y Joey tiene que saber que su padre era un buen hombre.

J.T. se había quedado en la frase sobre su necesidad de tener hijos, muchos hijos.

«Dile que no puedes. Para ahora si vas a hacerlo».

—Gina... —fue todo lo que pudo decir. No quería destrozar sus sueños después de todo lo que había sufrido.

Pero no tenía elección. La verdad y toda la verdad. Menos que eso sería un insulto.

—Era un amor hecho de sueños y fantasías. Ahora lo veo. Y tengo que recordar lo mejor de Eric para no pensar que mi matrimonio fue un fracaso —seguía diciendo ella—. Pero lo que siento por ti es mucho más profundo, más fuerte.

J.T. la tomó en sus brazos. Una noche más. Solo una noche más.

Era cobarde y egoísta por su parte, pero la necesitaba aquella noche más que nunca. Se merecía celebrar su cumpleaños por una vez.

Al día siguiente se lo diría.

La llevó en brazos al dormitorio y la abrió como un regalo carísimo, capa por capa. Después, Gina se quedó dormida en sus brazos, un pequeño suspiro escapando de los labios femeninos de vez en cuando.

Él estuvo despierto durante largo rato, mirándola, hasta que por fin se quedó dormido. Las caricias de Gina lo despertaron, al principio suaves roces, después más audaces. Provocativas.

J.T. encontró con ella la satisfacción que

deseaba y después, el miedo más profundo que había sentido nunca.

Los clientes del restaurante comentaban que Belle había lanzado el guante y Gina había aceptado el reto. En aquel caso, era un guante de cocina, pero el efecto era el mismo, les aseguró Belle. El evento tendría lugar el miércoles siguiente, en el almacén que pronto se convertiría en biblioteca y el alcalde se ofreció a poner por escrito las bases del concurso.

J.T. oía hablar de ello por todas partes y disfrutaba de la diversión. Estaba a punto de cerrar cuando Winnie, Gina, Joey y Agente entraron en la comisaría.

—Queremos que nos lleves a casa —sonrió Gina, intentando calmar al lloroso bebé—. Hemos estado pintando las estanterías de la biblioteca y estoy agotada.

J.T. tomó al niño en brazos y empezó a hacerle carantoñas. Joey hizo una mueca y después dejó de llorar.

—¿Ves? Ya se ha callado.

—¿Cómo lo haces?

—Son cosas de hombres —contestó J.T. Winnie se limitaba a mirarlo con expresión sombría—. ¿Por qué no llevas tú el jeep? Yo prefiero dar un paseo con Joey.

—¿Puedo poner la sirena? —rio Gina.

—No, pero puedes darte un baño caliente cuando llegues a casa. Yo haré la cena.

—Te tomo la palabra —sonrió ella, encantada, despidiéndose de Winnie.

La mujer se había quedado atrás como si no se diera cuenta. Obviamente tenía algo que decir y no pensaba marcharse hasta que lo hiciera.

—Este es un gran cambio para ti, ¿verdad? —preguntó ella, su voz tan fría como sus ojos.

—Un buen cambio.

—¿No echas de menos vivir en Los Ángeles?

—En absoluto.

—Probablemente, aquí nunca tienes que usar la pistola.

—No.

—Imagino que eso será un alivio para ti.

—A ningún policía le gusta tener que disparar.

—Y si ocurriera, ¿volverías a salir huyendo?

J.T. se quedó rígido.

—¿Salir huyendo?

—Como hiciste una vez. Abandonaste el cuerpo después de disparar a aquel hombre, ¿no es cierto?

—Lo abandoné por varias razones. Y esa fue una de ellas.

Joey empezó a moverse, inquieto, seguramente porque sentía la tensión. Agente se colocó entre Winnie y él, con las orejas hacia atrás.

—Mi hijo nos contó lo que había ocurrido. Una tragedia.

—Sí.

—Lo que me extraña es que fueras tú, el más experimentado, quien sintió pánico —siguió diciendo ella—. ¿Por qué obligaste a ese hombre a apuntar a Eric con la pistola? Mi hijo nos contó que casi lo había convencido para que la soltara. No entiendo por qué no esperaste al negociador.

¿Qué? ¿Qué estaba diciendo aquella mujer? ¡Él había querido esperar! ¡Fue Eric quien lo estropeó todo!

Pero si ella pensaba eso, seguramente también lo pensaría Gina.

Ante su silencio, Winnie sonrió, triunfante.

—Solo estoy mirando por el bien de la mujer de mi hijo y por mi nieto —dijo entonces—. Alguien tiene que hacerlo. Gina siente pena por ti.

Sus palabras dieron en el blanco, hiriendo su orgullo como la mujer pretendía. Por eso Gina no había querido seguir hablando del asunto. Sentía pena por él y lo creía un incompetente.

Y él no podía refutar la versión de Eric sin quedar como un idiota. ¿Culpar a un muerto? Eric se había llevado la verdad a la tumba.

Joey empezó a llorar en ese momento. Agente empezó a gruñir a Winnie, pero la mirada de la mujer lo hizo callar.

Mientras intentaba calmar al niño, J.T. intentaba encontrar palabras que limpiasen su buen nombre, sin ensuciar el de Eric. Pero no encontró ninguna. Y el silencio solo confirmaba la versión de Winnie.

¿Gina sentía pena por él? ¿Creía que era un policía incompetente? ¿Cómo podría casarse con un hombre así?

—Muy bien. Ya ha dicho lo que quería decir. Ahora tengo que llevar a Joey a casa —dijo J.T.

Winnie lo miró, como esperando que dijera algo más. Como no lo hizo, salió de la oficina suspirando ruidosamente.

J.T. se colocó al niño sobre el hombro y le cantó la nana que Gina solía cantarle. Las palabras salían de su boca sin pensar, consolándolo a él más que al niño.

Sus sueños y esperanzas habían quedado reducidos a cenizas. No tenía futuro con Gina y, sin embargo, no podía pedirle que se fuera. Necesitaba que ella supiera la verdad, pero no podía hacerlo sin manchar la memoria del hombre que ella había amado una vez. Y Winnie nunca aceptaría que J.T. cuidara de su único nieto.

Eso estaba claro.

Todo el mundo perdía, nadie ganaba.

# Capítulo Trece

Gina escuchó el frenético llanto de Joey y se incorporó en la bañera. Ni siquiera J.T. podía calmarlo, pensó extrañada.

—¿El agua está demasiado caliente para el niño? —preguntó él, entrando muy serio en el cuarto de baño.

—Tienes que probarla. Yo ya me he acostumbrado.

—Está bien —murmuró él, metiendo la mano en el agua—. Voy a quitarle la ropa —añadió, desapareciendo antes de que Gina pudiera darle las gracias. Después volvió a entrar, le dio al niño desnudo y salió del baño, murmurando algo sobre la cena.

Una campana de alarma empezó a sonar en la cabeza de Gina. Era raro que no quisiera bañarse con ella. La noche anterior, se habían bañado los tres juntos.

—Estás cansado, ¿verdad? —sonrió, mirando a su hijo, que había empezado a calmarse—. ¿Tú crees que nos pedirá en matrimonio esta noche?

—¿Te apetece cenar spaguetti? —preguntó J.T. desde la puerta, sorprendiéndola.

—Vale. Pero no hay ninguna prisa. Ven a sentarte con nosotros un rato.

—No tengo tiempo. Debo volver a la oficina después de cenar.

Y volvió a salir del baño, sin mirarla siquiera.

La alarma la estaba ensordeciendo, pero no sabía qué hacer. Un rato después, Gina salió de la bañera y vistió al niño.

No podía imaginar qué estaba pasando. Quizá iban demasiado aprisa y él se había asustado, pensó.

—Se está ajustando —le susurró a Joey, que sonreía mientras ella le ponía el pijama—. Y no es un hombre de muchas palabras. Ya se le pasará.

Se sentaron a cenar el uno frente al otro, pero ninguno de los dos probó bocado.

—¿Por qué tienes que volver a la oficina?

—Tengo que hacer una llamada.

—¿Y no puedes hacerla desde aquí?

—No.

—¿Cuánto tiempo vas a tardar?

—¿Es que tengo que fichar?

—Claro que no —contestó Gina, dolida—. Solo quería saberlo.

—Lo siento —murmuró él, pasándose la mano por el pelo.

—No pasa nada...

—Sí pasa. Pasa algo importante. He oído

lo que le decías al niño sobre proponerte matrimonio —la interrumpió él. Gina sintió un nudo en la garganta—. Creí que sabías que no tengo planes de casarme —añadió, sin mirarla a los ojos.

—Dijiste que no sería fácil vivir contigo. Eso es diferente. Y que nunca habías pensado tener hijos —replicó ella, haciendo un esfuerzo para controlar su angustia—. Y yo aparezco con un niño. Qué inconveniente.

Había esperado que sus miedos fueran absurdos, había soñado que se entendían, que pensaban lo mismo. Y se había equivocado.

Su amor por él estaba en el estadio más tierno, fácil de crecer, fácil de aplastar, pero ella era una mujer madura con un hijo y no dependía de nadie más que de sí misma. Gina se levantó, agradeciendo en silencio que sus piernas le respondieran.

—Nos iremos de aquí.

—No estoy echándote —dijo él.

—¿Y por qué iba a quedarme? ¿Quieres que siga calentándote la cama? —preguntó. ¿Cómo había podido volver a equivocarse? Primero Eric, después J.T. Tantos errores... Pero no podía ser. Lo había visto con Joey. Había disfrutado de su pasión y de su ternura. Él no podía haber fingido eso—. ¿Qué está pasando? ¿De qué tienes miedo?

—Has sufrido suficiente...

—Eso es verdad. Y si no hubieras escuchado mis... —sus más anhelados deseos hubiera querido decir— especulaciones, ¿durante cuánto tiempo habrías seguido usándome?

J.T. se levantó de golpe.

—Tú sabías desde el principio que yo no era hombre para ti. Demasiadas cosas nos separan. Queremos cosas diferentes y... yo no puedo tener hijos.

—¿No puedes?

—No quiero.

—Pero cuidas tan bien de mi hijo...

—¡Es un recién nacido! ¿Qué se supone que debía hacer, ignorarlo?

«No puedo estar tan equivocada», se decía. ¿Qué faltaba allí, qué pieza del rompecabezas no podía encontrar?

—Tengo que irme —dijo J.T., mirando su reloj.

—Muy bien. Huye.

Gina observó la expresión dolorida del hombre. Había tocado una fibra sensible. Pero, ¿cuál? Demasiadas pistas y ningún tiempo para analizarlas.

—No tienes que irte, Gina.

—¿Por qué no? Ya has conseguido lo que querías. Has hecho realidad tu fantasía de tumbarme sobre una mesa de billar. Siento mucho que haya tenido que ser en una cama, pero al menos tu curiosidad ha sido satisfecha.

—No ha sido satisfecha.

—¿No era lo que esperabas?

—Quiero decir que dos noches no son suficientes... ¡Dios! No sé lo que estoy diciendo.

—¿Se supone que debo sentirme mejor porque sigues deseándome? ¿Es que solo ha sido algo físico?

Él la tomó por los brazos, con fuerza pero sin hacerle daño.

—Te he deseado desde el primer día y hacer el amor contigo ha sido mucho mejor que mis fantasías. Me gusta tenerte aquí y tener a tu hijo, pero no sería un buen marido. Y tú quieres tener una familia.

—Y Eric siempre estará entre nosotros, ¿verdad?

—Eso también.

—¿Por qué? Además de cortejarme cuando tú no quisiste hacerlo... ¿qué te hizo Eric? —preguntó ella. Los ojos del hombre se oscurecieron, pero no dijo nada—. Ojalá hubieras sido más sincero conmigo antes de que desnudase mi alma —dijo ella entonces, despacio. «Antes de que te abriera mi pecho y te diera mi corazón para siempre»—. Nos iremos mañana.

—No tienes...

Ella lo interrumpió con un gesto.

—Va a ser muy difícil que vuelva a confiar en un hombre, porque he confiado en ti no solo mi vida sino la vida de mi hijo. No puedo hacerte un cumplido mejor. Haberme equivocado contigo...

Las lágrimas, que Gina había intentado contener, brillaron en sus ojos entonces. Aquel hombre que había prometido cuidar de ella con su vida, que había sostenido en brazos a su hijo antes que ella, que había cambiado pañales, besado sus piececitos... Que la hacía feliz. Aquel hombre que había creído su compañero.

Mentiras.

—Me quité la alianza por ti —susurró. Después, se dio la vuelta y salió de la cocina, deseando que a él le doliera tanto como a ella y sabiendo que eso no era posible.

J.T. se quedó dentro del jeep, mirando la puerta, por si Gina se marchaba en medio de la noche. No lo hizo, pero las luces estuvieron encendidas hasta las dos de la madrugada.

A las seis, Winnie aparcó frente a la casa y las dos mujeres se fundieron en un abrazo. Poco después, Winnie salía con dos bolsas y Gina con el niño en brazos.

Cuando lo estaba colocando en el asiento de seguridad, J.T. salió del jeep.

Ella lo esperó, rígida y silenciosa. Winnie entró en su coche sin decir nada. Al menos, no le restregaba su victoria por la cara, pensó él.

—Entonces, te vas —le dijo a Gina. Los ojos de ella habían perdido el brillo.

—Sí.

«Maldita sea, Gina. Sientes pena por mí. Crees que soy un mal policía. Crees al bastardo con el que te casaste. ¿Cómo pudiste hacerlo, cómo pudiste casarte con él?».

Aquellos pensamientos daban vueltas en su cabeza, pero sabía que no podía ponerlos en palabras.

J.T. se pasó una mano por el pelo. Había estado dándole vueltas durante horas y horas. Nada había cambiado. Nada podía cambiar.

—¿Me llamarás para decirme que habéis llegado bien?

—Tu trabajo ha terminado, Jefe.

A Gina le temblaba la barbilla. A J.T. la cabeza parecía estallarle.

Abrió la puerta del coche y se inclinó hacia Joey, que lo miró, sonriente.

—Adiós, Joey —dijo con voz ronca—. Cuida de ella, ¿vale?

Moviendo una piernecita, el niño volvió a sonreír.

J.T. cerró la puerta y la miró, con el alma ardiendo, el preludio de lo que sería su infierno a partir de entonces. Ella tenía los brazos cruzados sobre el pecho, como un escudo impenetrable.

—Sé feliz —murmuró, antes de dirigirse hacia la casa. No miró atrás cuando escuchó el sonido del motor, ni cuando oyó el ruido de las ruedas en la gravilla, ni cuando el coche desapareció de su vista.

«Bueno, Mark, ¿y ahora qué dices? He puesto sus necesidades por delante de las mías y me está matando. Los caballeros andantes no han muerto. Aquí está la prueba».

«¿Has puesto sus necesidades por delante de las tuyas?», fue la sarcástica respuesta. «Tu armadura está oxidada, hermano».

# Capítulo Catorce

Después de dar vueltas por la casa durante una hora, J.T. decidió que sería mejor ir a trabajar. Tenía que devolver las cosas que los vecinos le habían prestado para el niño, pero no podía hacerlo aquel día porque se le encogía el corazón cada vez que miraba la mecedora. Y no podía tumbarse en una cama que olía a ella, de modo que quitó las sábanas y las metió en la lavadora.

Después, tomó su chaqueta y salió de la casa.

Con las manos en los bolsillos, llegó hasta el jeep, con Agente pisándole los talones, confuso.

Estupendo. Además de herido, se sentía culpable. Se preguntaba cuánto tiempo tardaría su perro en perdonarlo.

Se preguntaba cuánto tiempo tardaría él en olvidar a Gina.

Había coches aparcados frente al restaurante de Belle. Necesitaba un café, pero no quería ver a nadie. Podría ir a casa de Brynne, pero... no, era absurdo.

«Tú no eres así», le había dicho ella. «O quizá sí. ¿Lo has pensado?»

Lo había pensado durante horas. No podía negar que Gina lo había cambiado.

J.T. decidió tomar un café en su oficina,
pero cuando abrió la puerta, Agente no qui-
so entrar y salió corriendo calle arriba. J.T.
hizo una mueca. Hasta su perro estaba enfadado con él.

Agotado, se sentó frente a su escritorio y
cerró los ojos...

Agente empezó a arañar la puerta, llori-
queando y J.T. se levantó, adormilado.

—Espera un momento —murmuró, mirando su reloj. ¿Había dormido tres horas?

Agente volvió a lloriquear.

No, aquel sonido no era el gemido de
un perro. Era un niño. Y no un niño cualquiera.

Era Joey.


—Sigue arañando —murmuró Gina, haciéndole un gesto a Agente. Joey seguía llorando, cada vez con más fuerza—. Vamos
J.T., abre de una vez.

La puerta se abrió en ese momento y J.T.
apareció en el umbral. Gina se apoyó sobre
la barandilla de madera, sabiendo que su
futuro dependía de cómo manejase aquella
oportunidad. Esperaba no estar cometiendo
un error.

—¿Has tenido algún problema con el coche?

—No.

J.T. se acercó al niño, pero no lo tomó en brazos como solía hacer.

—¿Por qué has venido?

—Vivo aquí.

—¿Qué? —exclamó J.T., sorprendido. Una camioneta pasó en aquel momento y el conductor saludó a Gina con la mano—. ¿Qué hacen los chicos de Barney con la mecedora y la cuna?

—Las llevan a casa de la señora Foley. Nos vamos a vivir allí.

—No puedes hacer eso.

—¿Por qué no?

—Gina... —empezó a decir él.

—¿Estás diciendo que tengo que marcharme de aquí, Jefe?

—Sería demasiado doloroso y tú lo sabes.

—¿Para mí o para ti? —preguntó Gina. Él apretó los labios—. En caso de que lo hayas olvidado, estoy apuntada a un concurso de pasteles y yo no me escapo de mis obligaciones.

—¿Al contrario que yo? ¿Es eso lo que quieres decir?

—Si te sientes culpable por algo...

—¿Culpable?

Un par de personas se habían acercado y estaban observando la discusión. J.T. los miró con ojos de advertencia, pero no se movieron.

—Vamos a mi oficina.

—Joey tiene hambre.

—Puedes darle el pecho dentro.

—No puedo —dijo ella—. Ya no

El dolor oscureció la expresión del hombre, pero ella no se arredró. Sabía cuáles eran los miedos de J.T.

—Si quieres hablar, llámame y buscaré un momento.

—¿Cómo que...?

—Winnie quiere que empecemos con el programa de ayuda.

—¿Winnie sigue aquí?

—Ella también tiene compromisos —contestó Gina, intentando calmar a Joey.

—No pensé que fueras una persona vengativa.

—Y no lo soy —susurró ella, poniéndose de puntillas para hablarle al oído. Esperaba no equivocarse, esperaba que él estuviera preparado para escuchar aquellas palabras—. Estoy enamorada. Y ahora sé por qué no quieres casarte conmigo.

Después de decir eso, se dio la vuelta y entró en la tienda de la señora Foley como si tal cosa.

Su cama parecía del tamaño de un campo de fútbol sin ella. Incluso Agente había hecho las maletas y se había ido de casa. Tres días antes se había llevado su plato de comida a casa de la señora Foley, que lo había recibido con un «¡Aléjate de aquí, chucho!», pero después, al ver su expresión patética, lo había dejado entrar.

O eso le había contado Max. Él no sabía nada. Gina no le había devuelto ninguna de sus seis llamadas.

«Estoy enamorada».

Sus palabras bailaban a su alrededor, a veces con la lenta belleza de un vals, a veces con el calor de un tango. Si el amor fuera suficiente...

Y Joey había adoptado un papel mítico, siendo el primer niño que había nacido en Objetos Perdidos en treinta y ocho años. Todo el mundo parecía haber decidido que era un símbolo de la renovación del pueblo.

J.T. golpeó la almohada con el puño. Nadie hablaba con él directamente sobre lo que había pasado y la única persona con la que quería hablar lo estaba evitando.

Se sentía solo. Unos meses antes estaba contento, satisfecho...

«Sé por qué no quieres casarte conmigo».

J.T. saltó de la cama y se vistió para hacer

una ronda. Si no podía dormir, al menos podría trabajar un poco.

Las piernas lo llevaron a casa de la señora Foley. Las luces estaban apagadas, pero él sabía en qué habitación dormía Gina y, sin pensar, tomó una piedrecita y la lanzó contra la ventana.

Esperó. No hubo respuesta.

¿Qué tenía aquella mujer que lo reducía a un comportamiento adolescente?

Volvió a arrojar un par de piedras contra la ventana y, por fin, Gina se asomó.

—¿Estás borracho?

J.T. sonrió. No sabía por qué, pero aquello no era lo que había esperado oír y lo hizo feliz.

—Voy a subir —dijo y, sin esperar respuesta, empezó a subirse a un árbol cuyas ramas llegaban hasta la ventana. Gina se había cubierto la boca con la mano, como si quisiera ahogar un grito.

Llevaba puesta su camisa.

J.T. se apoyó en el alfeizar y saltó a la habitación.

—Parece que mi experiencia bajando al maldito gato ha servido para algo.

—¿Qué estás haciendo aquí? —susurró ella, mirando hacia la puerta.

—Tu...

—Habla bajo.

—Tu secretaria no ha encontrado un momento para que nos viéramos y he imaginado que estarías libre a estas horas. ¿Puedo quedarme?

—¿Qué secretaria?

—Winnie. ¿Es que nunca te pones al teléfono?

—Pues...

—Ya me lo imaginaba. ¿Dónde está Joey?

—Me han dicho que tiene que empezar a dormir solo.

—¿Y tú has hecho caso?

—Al principio me resultó difícil, pero Max dice que es lo mejor —contestó ella, frotándose los brazos.

J.T. se quitó la chaqueta y se la puso sobre los hombros.

—Métete en la cama. Estás helada.

—La señora Foley apaga la calefacción por la noche —dijo Gina, cubriéndose con las mantas.

—Ven a casa conmigo.

Las palabras habían escapado de su boca, sorprendiéndolo a él tanto como a Gina.

—Si no nos casamos, no. Y tú no vas a casarte conmigo por tu hermano. Por su enfermedad. Porque puede ser algo genético.

—¿Cómo lo sabes?

—He investigado.

—Entonces sabrás que es posible que alguno de mis hijos herede la enfermedad de Mark.

—Y también es posible que no.

—No puedo arriesgarme —murmuró él, sentándose la cama—. Yo tuve que vivirlo, Gina, y no me arriesgaría a ver sufrir a un hijo mío como sufrió mi hermano.

—Pero cada día se sabe más sobre esa enfermedad y nosotros estaríamos alerta. Yo creo que merece la pena arriesgarse.

—Las posibilidades de que transmita ese gen a alguno de mis hijos son más grandes porque Mark y yo éramos gemelos, Gina. Yo he tenido suerte de no haber desarrollado la enfermedad aún.

—¿Aún?

—Es posible que también me afecte a mí.

—Todas las parejas se arriesgan cuando tienen un hijo. Se llama fe, J.T. A veces los niños nacen con problemas y, si eso ocurriera, estaríamos juntos para ayudarlo —insistió ella, poniéndose de rodillas sobre la cama—. Te quiero, J.T.

Él estuvo a punto de decirle que él también la amaba, pero entonces recordó la mentira que Eric había contado sobre él. La gran mentira. Gina nunca tendría fe en él, nunca estaría segura de que podía protegerla. Como Winnie, tendría miedo de

182

que saliera corriendo cuando hubiera problemas.

Demasiadas cosas en contra de aquel matrimonio.

¿Por qué había pensado que sería posible? ¿Por qué se había permitido tener esperanzas? Estaba haciéndose daño y haciéndole daño a ella. Otra vez.

La puerta del dormitorio se abrió ligeramente y la silueta de una mujer se recortó en el pasillo. Winnie.

—¿Te encuentras bien Gina?

—No enciendas la... —empezó a decir ella. Pero Winnie encendió la luz de todas formas.

—Estamos teniendo una conversación privada —dijo J.T., irritado.

—Ya —murmuró la mujer—. Pues yo tengo algo que decir.

—Winnie, este no es el momento —murmuró Gina.

—Este es el mejor momento —insistió ella—. Estaba equivocada sobre ti, J.T.

—¿No me digas?

—No te hagas el listo o no te diré lo que tengo que decir. Y créeme, esto querrás oírlo. El otro día en tu oficina repetí algo que Eric me había contado, pero he descubierto que la historia... no es cierta. Esto es difícil para mí. Conocía a mi hijo lo suficiente como para saber que estaba exagerando, a veces incluso mentía porque siempre necesitaba tener la razón. Y me temo que su padre y yo no hicimos nada para evitarlo —empezó a decir la mujer—. Ayer llamé al oficial de su departamento para pedirle que me contara la auténtica versión y... Gina, Eric nos mintió. Él nos dijo que había sido culpa de J.T. que aquel hombre muriera, pero no es cierto. Fue culpa de mi hijo. Era demasiado joven, demasiado impulsivo.

Gina se quedó mirando a J.T. ¿Aquel había sido el problema? ¿Aquella era la razón por la que la había apartado de su lado? Ella había creído que era por los niños.

—¿Eso es verdad? —preguntó.

J.T. apartó la mirada, su expresión llena de dolor.

—Es más complicado —murmuró por fin, pasándose la mano por el pelo—. Es cierto que Eric se apresuró, pero también es verdad que quizá aquello fue inevitable. En la investigación, los dos quedamos sin cargos.

—Pero tú no me corregiste cuando sugerí que eras un cobarde. Te acusé de haber huido, de esconderte aquí —dijo Winnie. Gina tomó la mano de J.T. No podía haberlo acusado de algo más incierto. Aquel hombre era un valiente, arriesgaría su vida para proteger la de los demás—. No dijiste nada para no destrozar mis ilusiones sobre Eric. Eres un hombre honorable, J.T. y estoy orgullosa de haberte conocido —añadió la mujer, poniendo una mano sobre su hombro—. No puedo imaginar mejor padre que tú para mi nieto. Y ahora, os dejo solos.

—Gracias, Winnie.

—Esconder la verdad no es la mejor forma de ir por la vida.

—Lo sé.

Un segundo después, estaban solos.

—Por eso odiabas a Eric —dijo Gina, rompiendo el silencio—. Él era todo lo que tú no soportabas en un policía.

—Teníamos ideas muy diferentes sobre el trabajo. Pero, si quieres que sea sincero, yo era más duro con él porque tenía celos. Él podía tenerte y yo no —dijo J.T.—. Desde el incidente, he tenido una pesadilla. El hombre al que tuve que disparar se convierte en mi hermano. Había dejado de tener esa pesadilla cuando llegaste tú y entonces, todo volvió a empezar.

—¿Me culpas a mí?

—Culpaba a Eric. Era más fácil culparlo a él que tener que soportar mi fracaso. Yo le fallé a Mark. Fracasé en mi empeño de evitar que aquello volviera a ocurrirle a otra persona.

—¿De verdad crees que podrías haber convencido a ese hombre para que soltara la pistola?

—No. Por fin me he dado cuenta de que no podía hacer nada.

—En el fondo, Eric era un buen hombre —murmuró Gina—. Tengo que creer eso.

—Tenía que ser un buen hombre para que tú lo quisieras.

—Te quiero más a ti, J.T. Mucho más.

—Él te dio un hijo. Pero yo me sentiría orgulloso de criarlo —dijo él, acariciando su cara. Gina se lanzó a sus brazos—. Te quiero, Gina. ¿Quieres casarte conmigo?

—¡Sí! —exclamó ella. Pero, de repente, se apartó—. No.

—¿No?

—No sin que antes me digas tu nombre.

—Es Jasper Thelonius —sonrió él.

—Ah —murmuró ella, jugando con los botones de su camisa—. No pensarás ponerle ese nombre a tu hijo, ¿verdad?

—Es una broma, Gina.

—¿Cómo te llamas, tonto?

—Jeffrey Tyler.

—Jeff. Te pega llamarte Jeff.

—Supongo que no te importará que nuestro hijo se llame de esa forma —dijo él entonces.

—¿Eso significa que vamos a tener hijos?

J.T. la miró con ternura.

—Supongo que debo aprender a tener fe.

Una honda alegría llenaba el corazón de Gina. La vida era así, no ofrecía garantías.

—Yo te ayudaré. Te quiero tanto...

—Yo te quiero más.

Gina se encontró a sí misma entre los brazos del hombre. Perdida en Objetos Perdidos... durante el resto de su vida.

Y no le importaba nada.